AF358761

PERROS, GATOS Y ASESINATOS

Z. C. BENÍTEZ

PERROS, GATOS Y ASESINATOS

EXLIBRIC

ANTEQUERA 2019

PERROS, GATOS Y ASESINATOS
© Z. C. Benítez
© de la imagen de cubiertas: Z. C. Benítez
Diseño de portada: Dpto. de Diseño Gráfico Exlibric

Iª edición

© ExLibric, 2019.

Editado por: ExLibric
c/ Cueva de Viera, 2, Local 3
Centro Negocios CADI
29200 Antequera (Málaga)
Teléfono: 952 70 60 04
Fax: 952 84 55 03
Correo electrónico: exlibric@exlibric.com
Internet: www.exlibric.com

Reservados todos los derechos de publicación en cualquier idioma.

Según el Código Penal vigente ninguna parte de este o
cualquier otro libro puede ser reproducida, grabada en alguno
de los sistemas de almacenamiento existentes o transmitida
por cualquier procedimiento, ya sea electrónico, mecánico,
reprográfico, magnético o cualquier otro, sin autorización
previa y por escrito de EXLIBRIC;
su contenido está protegido por la Ley vigente que establece
penas de prisión y/o multas a quienes intencionadamente
reprodujeren o plagiaren, en todo o en parte, una obra literaria,
artística o científica.

ISBN: 978-84-17845-62-9
Depósito Legal: MA-1478-2019

Nota de la editorial: ExLibric pertenece a Innovación y Cualificación S. L.

Z. C. BENÍTEZ

PERROS, GATOS Y ASESINATOS

Índice

EL PERRO SE REBELA, EL PERRO MUERDE LA MANO, EL PERRO ROMPE LA CADENA, EL PERRO NO TIENE AMO

MAYO DE 2018.

El señor Vargas me da empleo de veterinario en su residencia canina. A los pocos meses de estar allí trabajando (es decir, hoy) llega su hijo cani, que es un palurdo de marca mayor, con su pitbull, igual de cani que él. Al llevarlo sin correa, se abalanza repentinamente sobre el caniche que yo llevaba a la sala de quirófanos y le desgarra el cuello de un mordisco. Se supone que lo iba a someter a una delicada operación de corazón.

Todos los perros deben entrar en la residencia con su correa y, si es un perro catalogado como «peligroso», con su bozal. Sauron no. El pitbull del palurdo hijo del jefe se paseaba por allí como le daba la gana. Es lo que tiene ser el palurdo hijo del jefe. Mucho ha tardado en ocurrir una desgracia.

Regla sagrada de un perro peligroso: si lo ves atacando o peleando con otro, ni se te ocurra intervenir. Como veterinario que soy y por querer el bien para los animales no puedo permitir aquello. Empiezo a darle patadas a Sauron, a ver si así se desengancha de Joker, el caniche, y el pitbull se rebela contra mí. De un salto, trata de acertar también en mi cuello y, aunque no lo consigue, logra tirarme al suelo. Esa bestia de veintisiete kilos, seis años de edad y una envidiable presión de mordida me está mordisqueando las manos, los brazos y los codos, que los estoy utilizando para proteger mi cara y mi cuello mientras grito pidiendo auxilio. A mis gritos acuden el señor Vargas, el palurdo y la auxiliar de veterinaria que me iba a ayudar en la operación de Joker.

El señor Vargas agarra a Sauron por el pellejo del lomo y lo aparta de mí, mientras la auxiliar va hacia el armario de medicinas, saca una jeringuilla con somnífero y se lo administra a Sauron. Creo que necesito otra también para mí. Maldito perro asesino y maldito palurdo hijo del jefe. Esto no va a quedar así y menos aún viendo cómo se ríe de mí en la situación que me encuentro.

Yoni es un *chuloputas* dentro del gimnasio y fuera de él. Muchos músculos desarrollados y no te has preocupado en ejercitar el órgano más importante del cuerpo humano: el cerebro, que lo tienes del tamaño de un guisante, gilipollas. Entrenar a tu perro para llevarlo a peleas clandestinas, menudo *hobby*. Si tus padres hubiesen estado más atentos a corregir tus faltas, en vez de reírte las «gracietas» cada vez que cometías alguna, ahora no estaríamos así. Joker seguiría vivo o quizás no, porque era una operación muy delicada, pero sus esperanzas de vida habrían aumentado. Posiblemente, Yoni hubiese seguido el mismo camino que lleva hasta ahora, ya estuvieran sus padres encima de él o no. No me preguntes por qué lo sé, es simple intuición.

El señor Vargas y la auxiliar intentan ayudarme a levantar del suelo, de fondo sigo oyendo las risotadas de Yoni, como quien está en su casa tratando de relajarse y no deja de oír el insoportable martilleo de la reforma en casa del vecino, pero prefiero quedarme sentado mirando alrededor. El dolor de las mordidas en las manos y los codos se hace notar. Estoy sentado en un charco de sangre. Casi toda es de Joker, que para mi sorpresa aún está vivo, convulsionando. Su vida se apaga lentamente y ya no hay remedio alguno, habiendo perdido casi toda la sangre de su cuerpo. El señor Vargas le dice a su hijo que saque a Sauron de la residencia canina y que no vuelva más por allí. A buenas horas… Seguidamente, se dispone a administrarle la eutanasia a Joker, pero ya es tarde. El caniche ha muerto a mi lado.

—Ángeles, atienda al doctor Fontana —dice el señor Vargas—. Cure sus heridas y luego limpie todo esto. Voy a avisar al otro auxiliar para que le ayude.

Hacía años que no aparecía en mi vida el trastorno de hipocondría, desencadenando con él un fuerte ataque de ansiedad. Ese pitbull estaba curtido en incontables batallas caninas clandestinas, pudo haberse contagiado de algo y ese algo lo podía tener yo: La tiña, leptospirosis, sarna…

—No me encuentro bien. Me duele todo el cuerpo y tengo un ataque de ansiedad —le digo al señor Vargas.
—Tómese el día libre —me responde—. Tome infusiones de relajación, acuéstese y si mañana se encuentra mejor venga a trabajar. Si cree que no va a estar en condiciones, llámeme y le daré unos días de baja. Ah, y una cosa más… No tenga en cuenta lo de

Sauron. Le daré una compensación económica a la dueña de Joker y le regalaré el perro que quiera. Como si me pide el más caro.

«Le regalaré el perro que quiera, como si me pide el más caro», dice. Cuando un animal se apodera de tu corazón no puedes reemplazarlo por otro así como así. Tu dinero material te impide ver aquello que no es tangible, los sentimientos, como si carecieras de ellos. También ha mencionado que puede darme unos días de baja… nunca voy a volver por allí.

Cuando llego al hospital y me preguntan qué me ha pasado y respondo que he sido atacado por un perro de la raza pitbull, que tengo otro ataque pero de ansiedad y ven mis heridas que todavía sangran, me llevan a una sala donde me ponen grapas en algunas de las heridas y me vuelven a curar otras como ya hizo Ángeles. Echo una mirada a los pacientes que están allí, en el área de urgencias. A una mujer de más o menos mi edad, unos treinta y ocho años, le están sacando sangre. Aprieta el brazo suavemente a la vez que cierra los ojos y gira la cabeza hacia otro lado. Un niño de unos once años está acostado en una camilla y tiene puesta una mascarilla de oxígeno y un gotero. La madre le dice al médico que es la primera vez que había pasado todo el día con dificultad para respirar. El médico le responde que se tendrá que quedar ingresado unos días para hacerle unas pruebas y que ha tenido suerte, si llega a tardar cinco minutos más, el niño no lo cuenta. Así, con esas palabras. «*Habemus* nuevo asmático», pienso.

Cuando paso a la consulta del médico de turno, me hace una pregunta sencilla y directa al grano:

—¿Quiere usted poner una denuncia?

Silencio mientras permanezco unos segundos mirando al médico. Saco mi teléfono móvil, llamo a la dueña del caniche, le cuento lo sucedido con Joker y le hago la misma pregunta:

—¿Quiere usted poner una denuncia?
—¡Sí! —me responde la dueña entre insultos hacia Sauron, su dueño y el señor Vargas.
—Sí —le respondo al médico nada más colgar el teléfono, e inmediatamente llama a la policía

Aunque los análisis de sangre que me hacen en el hospital sostienen con firmeza que estoy, como me acaba de corroborar el médico en otras palabras: «Como una perita en dulce» ya es tarde para mi cabeza. En cuestión de una semana, mi mente se va encerrando en un laberinto día a día y, conforme voy recorriéndolo, sólo veo carteles que rezan: «Sauron te ha contagiado de algo», «Esos análisis no son los tuyos, se han equivocado», «¿Cuánto te queda de vida? ¿Un día? ¿Dos, quizás?» «En una semana tu piel y tus mucosas se habrán vuelto de un color amarillento, debido a la Leptospirosis que te ha transmitido ese perro» «En una semana estarás muerto». No me veo capaz de llegar por mí mismo al centro del laberinto. Al único centro que sí llego, pero con ayuda de mi médico de cabecera, es al de Salud mental. Mi diagnóstico: «Depresión ansiolítica por hipocondría».

CAPÍTULO 2
VIENEN QUE MUERDEN

Los meses de verano me pareció que pasaban tan lentos que, cuando quise darme cuenta, habían pasado más rápido que cuando pulsas en la pestaña de tu navegador la opción de «borrar el historial». Ya estábamos en septiembre. A finales de agosto llamé a la Unidad de Salud Mental porque quería apuntarme a un G.A.M. (Grupo de Apoyo Mutuo), es decir, un espacio en el cual sus integrantes comparten un mismo problema, dificultad o experiencia y donde se reúnen periódicamente para brindarse apoyo mutuo de manera voluntaria. Pues bien, nadie me cogió el teléfono… Ahora me entero de que los trastornos mentales también cogen vacaciones en verano.

A principios de septiembre se celebró el juicio contra Yoni y su pitbull, Sauron. Fue de estos juicios donde la defensa no tenía nada que hacer en nuestra contra y tanto la dueña de Joker como yo no hacíamos más que meterles goles por toda la escuadra.

Yoni había cometido dos infracciones graves: Dejar suelto a un animal potencialmente peligroso o no haber adoptado las medidas necesarias para evitar su escapada o extravío; y mantenerlo en un lugar público sin bozal o cadena reglamentaria. Y otras dos muy graves: Adiestrar animales para activar su agresividad o para finalidades prohibidas y la organización o celebración de concursos, ejercicios, exhibiciones o espectáculos de animales potencialmente peligrosos, o su participación en ellos, destinados a demostrar la agresividad de éstos.

Yoni tuvo que pagarme tres mil euros y otros tantos a la dueña del caniche. No lo iba a notar siquiera. Con unas cuantas ventas de esteroides, anabolizantes, cocaína, hachís… que es a lo que se dedicaba, recuperaría su dinero pronto. Y mi dinero y el de la dueña de Joker había quedado blanqueado. Más que su podrido corazón.

La condena a Sauron fue peor. Asesinato e intento de asesinato. El juez lo condenó a morir por inyección letal.

Los veterinarios también tenemos nuestro propio código ético y moral. Podemos negarnos a sacrificar a un animal, siempre y cuando se den una serie de circunstancias, como por ejemplo que esté en perfectas condiciones de salud. Sauron resultó que sí lo estaba, al contrario que yo, que continuaba con mi tratamiento para la ansiedad y la hipocondría. Antidepresivo de treinta miligramos y ansiolítico de dos miligramos. La ansiedad y la hipocondría no se curan con pastillas; pero, en fin, si quería presentar en el juicio daños psicológicos que el pitbull me había provocado, tenía que pasar por ahí aunque luego llegara a casa, arrojara las pastillas una a una por el váter y tirara de la cadena. Cosa que no hice y me las fui tomando conforme me correspondían.

Dio la impresión de que todos los veterinarios de Cádiz, que en realidad no son muchos, se habían puesto de acuerdo en decir «nanay». Todos se negaron. Todos dijeron «No» a sacrificar al pitbull.

La última esperanza para la justicia gaditana se encontraba en una calle situada entre la Catedral y la Plaza De Las Flores (¡No! ¡Plaza Topete!) Pues eso, Plaza De Las Flores. La calle Compañía, que como su propio nombre indica, te acompaña desde la Plaza de Las Flores (¡No! ¡Plaza Topete!) ¡Que te calles! Pues como decía, te acompaña desde esa plaza hasta la Plaza De La Catedral (¿Pero no era Plaza De Pío XII?) ¡No! Chúpate esa que ya se le cambió el nombre. Total, que la calle Compañía es la calle que une esas dos plazas y una bocacalle de ésta se llama Arbolí. No «Arbolín» como dice mucha gente. Arbolí. Al entrar en esa estrecha calle, si lo haces por la calle Compañía, a unos veinte o treinta metros como mucho, a mano izquierda, podías ver un antiguo consultorio de Asistente Técnico Sanitario (A.T.S.) o como me decían mis padres: —Te voy a llevar a que te pinche el «practicante»…

Ahora ese consultorio, que hacía años que no estaba en funcionamiento, lo había comprado alguien y, aprovechando la obra que estaban haciendo en la casa contigua, pudo agrandarlo un poco, porque tanto la sala de espera como la consulta eran algo pequeñas. Y, por último, había cambiado el cartel de «Consultorio ATS» por otro en el que se podía leer: «Clínica veterinaria El Mejor Amigo». Y debajo, el nombre del veterinario: Carlo Fontana. Es decir, un servidor. De padre italiano y madre gaditana.

Necesitaba vida en mi propia vida y en esa clínica y en esa calle la encontré. En la calle Arbolí y alrededores es muy raro encontrar a alguien que no tenga animal de compañía y los veterinarios más cercanos a esa calle están como mínimo a diez o quince minutos andando.

A finales de septiembre llega una pareja de policías nacionales custodiando a un perro de la raza pitbull y a estos los acompaña un traficante de drogas vestido como el culo, porque hasta el culo y los calzoncillos se le podían ver en esos pantalones, que mejor que te los dejes puestos a la altura de los tobillos o directamente ni te los pongas. Son Yoni, Sauron y una pareja de policías nacionales que mi auxiliar, Rocío, hace pasar a mi consulta.

—Buenos días. ¿Es usted el doctor Carlo Fontana? —pregunta uno de los policías y yo asiento con la cabeza—. Esta es la última clínica que nos queda en Cádiz para ejecutar la sentencia del juez que condenó a este perro a ser sacrificado mediante inyección letal. Si usted se niega, que está en su derecho, tendremos que buscar a alguien que lo haga en San Fernando, Puerto Real, Chiclana… porque ya no nos quedan más clínicas en la capital. ¿Está a favor de ejecutar la sentencia o en contra?

Permanezco unos segundos mirando a Sauron, pensando: «¡Vaya! El destino de mi vida estuvo en tus mandíbulas hace unos meses y ahora el destino de la tuya está en mis manos». Pero unas cuerdas vocales afectadas por la cocaína y los porros me apartan de mi pensamiento:

—Como toques a mi perro le meto fuego a este garito contigo dentro —me amenaza Yoni.

—O te callas o te saco a la calle —amenaza también el otro policía a Yoni.

—Es que lo mato. Juro por mi madre, que está en el cielo, que lo mato —vuelve a amenazar Yoni.

—Sigue… Como vuelvas a hablar te saco de aquí —responde de nuevo el policía, señalándolo con el dedo índice cerca de los ojos.

Yoni se calla, pero sigue muy nervioso, sorbiendo por su nariz como si le faltara «algo» o ya se lo hubiera metido, porque el movimiento de su mandíbula no es normal, incluso para alguien que está nervioso. A cada momento, hace un movimiento de mandíbula y también con la lengua. Hace como que escupe, cuando en realidad no está escupiendo nada. Me mira con cara de asesino y yo le devuelvo una mirada de indiferencia. Esa escoria no representa nada para mí. Ni tan siquiera lo considero una persona humana. Tan solo eso, escoria.

—Y bien, ¿qué piensa? —pregunta de nuevo el primer policía que me habló, el que lleva amarrado a Sauron, pero no dejo que termine la pregunta.

—Pienso que la culpa no la tienen los animales. La tienen los humanos que no saben educarlos. Aunque no tengo yo tan claro que esto sea un humano —respondo señalando a Yoni.

Yoni, sin mediar más palabra, se viene hacia mí y me da un puñetazo en la nariz que me tira al suelo. Joder, qué mareo.

Sauron, que hasta ahora había permanecido inmóvil (raro en él, lo tendrían drogado), detecta que su dueño puede estar en peligro, se zafa de las manos del policía y me ataca al tobillo a pesar de que tiene el bozal puesto. No estaría amarrado lo suficientemente fuerte. El policía que lleva amarrado al pitbull tira de él mientras el otro reduce a Yoni, lo esposa y lo saca a empujones de la clínica.

Justo antes de que lo saquen de allí a la fuerza, le da tiempo a propinarle una patada a mi microscopio profesional binocular acromático de trescientos euros, que lo estrella contra el suelo.

Pues nada, más dinero que me vas a tener que pagar para renovar útiles de veterinaria.

Rocío, la auxiliar, entra a toda prisa en la consulta para preguntar qué ha pasado y trata de ayudarme, pero le digo que no es necesario y que ya luego le contaré con todo lujo de detalles. Intento incorporarme como puedo y voy a curarme la herida de la nariz, que gotea sangre y me tomo una pastilla para la ansiedad. El policía me pregunta qué tal me encuentro.

Ojalá Yoni me hubiese hablado de buenas maneras y pedido disculpas por lo que sucedió hace unos meses en la residencia canina, pero no fue así.

—¿Tiene ahí el papel? para firmarlo —pregunto al policía.

Saca el papel, lo pone en mi mano y lo firmo. Ya no hay vuelta atrás. Aunque mi corazón se apiadaba de esa pobre bestia, mi cabeza no. Seguramente me arrepentiría después. Mi trabajo consiste en ayudar a los animales y no en sacrificarlos, a no ser que sea una causa de fuerza mayor. Y esta para mí no lo era, aunque Yoni se empeñó en que sí lo fuese.

«La culpa no es de los animales, es de los humanos» seguía pensando y lo pienso una y otra vez mientras subo a Sauron a la camilla, le administro el somnífero, espero a que le haga efecto y, por último, la inyección letal.

Caprichoso que es el destino y curiosas que son las leyes, hasta con los animales. Sauron ha tenido una muerte digna, Joker no la tuvo.

Si tu mascota debe ser sacrificada, sea cual sea el motivo, haz que tu rostro sea lo último que vea antes de abandonar este

23

mundo. En sus últimos momentos de vida querrá verte a ti, no al veterinario ni al auxiliar ni a un policía. A ti, a su acompañante durante el tiempo que habéis estado juntos, a su «padre» o «madre»… En definitiva, a ti. No seas tan imbécil como Yoni.

CAPÍTULO 3
EN LA OSCURIDAD

El policía sale de la consulta y se dirige al coche patrulla, que tiene aparcado en la misma puerta de la clínica. Saca una bolsa para cadáveres y vuelve a donde estamos Sauron y yo. Más yo que Sauron.

Rocío ni se inmuta. No dirá una sola palabra hasta que la policía se haya ido, como hemos acordado.

A mediados del año dos mil, empecé a frecuentar las salas de chats. En aquella época, merecía la pena frecuentarlas, porque se conocía gente simpática y se tenían conversaciones agradables, sin tener que recurrir al cibersexo. Me gustaba charlar con gente de otros países, sobre todo de sudamérica y conocer sus culturas.

Una vez que llevaba unos cuantos días siendo un asiduo de una sala de chat copié su nombre, hice la mía propia y tardé muy poco en llenarla de gente. Hasta las personas que habían en la otra sala se empezaron a venir a la mía. Su anfitrión entró para mostrar sus quejas y bastó con *banearlo* por un periodo de veinticuatro horas para no volver a verlo. Ni en mi sala ni en ninguna otra. No volví a verlo más, que yo sepa. A no ser que se cambiara el *nick*.

Me dio mucha pena que cerraran ese chat definitivamente, con los buenos ratos de risa que había echado. Por lo que me dijeron, el motivo fue que alguna gentuza se hacía perfiles falsos con fotos de niños, así que cerraron todos los chats de esa página para el resto del mundo, excepto para los Estados Unidos. Como si allí fueran unos santos…

No recuerdo en qué año ni quién fue la persona que me habló de otra página web con salas de chats, que también estaba bastante bien. Lo que nunca se me olvidará es que en una de esas salas, en verano de 2007 el destino quiso ponerme por delante a Rocío. Por delante de una pantalla, claro.

Por aquellas fechas yo estaba de baja por depresión en el Ejército; es decir, que era falso. ¿Estaba loco? Sí, loco por irme de allí. En su momento me libré del servicio militar por asmático y al cabo de los pocos años me da por meterme en el Ejército (¡Olé yo!).

Me cojo unas cuantas bajas por depresión, me aplican el artículo no sé cuántos, en el que dice que por no haberme adaptado a la vida militar puedo rescindir mi contrato, y ale: hasta luego, Mari Carmen. Muerto el perro, se acabó la rabia. Nunca mejor dicho.

¿Qué pinta un veterinario en el ejército? Lo mismo me pregunté cuando me vi allí. Era el trabajo más fácil en el que poder entrar aquel entonces. Los pocos perros que habían allí ya estaban bastante bien atendidos, mejor que los humanos. A más de un gachó de ese hábitat natural les hubiera venido bien una vacuna antirrábica.

No guardo ningún buen recuerdo de mi experiencia allí, ninguno, y tengo la sensación de que no aprendí absolutamente nada el tiempo que estuve.

De lo poco que recuerdo de mi estancia en el Ejército es cuando te hacían la broma (o quizás no) de decirte: «Ten cuidado con la comida, que aquí le echan bromuro»; a lo que yo respondía: «Ojalá, así al menos tendría algo de sabor».

En el Ejército se supone que lo que tienen que hacer es formar personas para que, en caso de guerra, puedan defender nuestra patria. Pues bien, a las siete de la mañana salíamos a correr; terminábamos de almorzar y salíamos a correr... ¿Cuál era entonces el plan en caso de guerra?

Para mí el colmo fue tener que hacer un examen de montar el fusil con los ojos cerrados. Además, que te lo dicen tal cual: «¡Tienes que ser capaz de montar el fusil con los ojos cerrados!».

Y yo pensaba: «Pero, a ver, ¿por qué? ¿A mí de qué me sirve montar el fusil con los ojos cerrados si voy a tener que abrirlos para apuntar?».

En fin, que casi doce años hace ya que Rocío y yo nos conocemos. De hecho, es la única persona que conocí en un chat y con la que sigo manteniendo contacto. Por aquel entonces ella se había recién separado de su marido y la única hija en común de ellos dos tenía cinco años.

Rocío ya ha cumplido los treinta y nueve años; es meses mayor que yo. Mi cumpleaños es el 11 de octubre y el suyo, el 8 de agosto.

Valenciana de padres andaluces, concretamente de Villanueva del Río y Minas, en la provincia de Sevilla, Rocío se siente más andaluza que valenciana, aunque eso no quita que ella se haya vestido de fallera y su hija también y hayan disfrutado de sus festejos. Lo veo muy bien. Hay que disfrutar de las costumbres del sitio donde te encuentres y, sobre todo, saber disfrutarlas, que no todo el mundo sabe hacerlo.

Nuestra amistad se ha mantenido a través de los años, a pesar de incontables discusiones, algunas incluso muy subidas de tono. Quizás ese sea el motivo por el que Rocío me conoce mejor que yo mismo y viceversa.

A veces nos pasábamos un tiempo sin hablarnos, desaparecíamos el uno de la vida del otro hasta que otra vez volvíamos a encontrarnos y, cuando le preguntaba por su tiempo de ausencia, me respondía: «Me eché novio». Cosa que también hacía yo cuando, igualmente, me echaba novia.

Pero así es el destino, que cuando menos lo esperábamos, nos encontrábamos nuevamente. No podíamos estar juntos, pero tampoco podíamos estar separados. Dicen que la verdadera amistad no se trata de ser inseparables, sino de poder estar separados y que nada cambie. Tal vez seamos la pareja perfecta, pero por culpa de la distancia y la fuerza de las circunstancias en la vida de cada uno, nunca ha podido ser.

No obstante, este verano su madre decidió vender la casa y venirse aquí con Rocío y su hija, también llamada Rocío. El padre de Rocío (mi auxiliar) había fallecido cinco años atrás y su viuda, Antonia, cada vez se sentía menos a gusto en Valencia.

Rocío me vino como caída del cielo. Recién abierta la clínica veterinaria, necesitaba un auxiliar, una auxiliar para ser exactos, y Rocío acababa de llegar y buscaba trabajo. Tiene un extenso currículum como auxiliar de veterinaria, así que no hubo que hablar mucho más. Bienvenida a bordo.

Lo bueno de tener contacto físico con alguien con quien no lo has tenido durante muchos años es que no necesitamos ni mirarnos para entendernos. Hemos desarrollado tal grado de telepatía que ambos sabemos exactamente lo que está pensando uno y otro.

Me fijo en el coche patrulla. Ahí está el policía que esposó a Yoni y lo sacó de la consulta, apoyado en la puerta trasera y mirando para dentro de la clínica. Dentro del coche está Yoni, con unas "bonitas" pulseras del color de la plata, aunque a él le gusta más el oro. Éstas le pegan más, hacen más juego con su chaqueta vaquera y también se les pueden llamar grilletes. Ayudo al policía a meter a Sauron en la bolsa y por fin se van los cuatro de allí.

Sauron tendrá la suerte de que no le pondrán una etiqueta identificativa amarrada en una pata, como hacen con los humanos, pues para eso el pitbull tiene implantado un microchip detrás de la oreja. A los humanos, al igual que a los animales de compañía, también nos deberían implantar un microchip detrás de la oreja que nos sirviera de identificación de por vida. Así nos ahorraríamos hacernos un estúpido carné de identidad que casi nadie suele llevar encima, que casi nunca te lo piden por la calle, que es caro y que hay que ir renovándolo cada cierto tiempo. Cuando muramos, con mirarnos el chip tendrían suficiente, en vez de ponernos una etiqueta en el dedo gordo del pie, lo cual me parece una falta de respeto hacia ese cadáver. ¿Y si la víctima muriese decapitada? Pues nada, que nos implanten el chip en el culo, en la nalga izquierda o derecha, a elegir a gusto del consumidor. Nunca he leído ni he visto ninguna noticia de asesinato donde a la víctima le hayan «decapitado» el culo, así que ya tienen ahí un buen sitio donde implantar el dichoso microchip.

Saco otra pastilla para la ansiedad y me la trago sin necesidad de echar un mínimo sorbo de agua. Es casi la una y media de la tarde y en media hora cerramos. Falta por venir el señor Martínez, que debe vacunar a su precioso perro de la raza chow-chow. Siempre he sido un amante de esta raza de perros. Algún día tendré uno…

—¿Qué edad tiene ya Diágoro? —le pregunto al señor Martínez.

—Dai-go-ro —me corrige—. Tiene diez. En enero cumple los once.

Esta raza de perro es muy pero que muy desconfiada. «Diágoro» (Dai-go-ro) no me deja acariciarlo, y menos aún si él cree que viene al matadero en vez de a vacunarse. Ya he tenido bastante "matadero" por hoy, así que no te preocupes.

—Pesa 26 kilos, lo normal. La infección de la oreja derecha… ¿Quiere que lo duerma y le limpie la oreja? —Le pregunto.

—No tengo dinero. Se la vamos limpiando entre mi padre y yo como podemos, porque ni a nosotros nos deja. A mi padre ya le ha mordido un par de veces y a mí, casi. Lo ha intentado alguna que otra vez —me contesta, sonriente, mientras tiene abrazado a su chow-chow por la cabeza y le rasca detrás de las orejas para tratar de que esté tranquilo y no se revuelva contra mí (solo me faltaba eso para rematar la mañana), a la vez que yo le administro su vacuna de la rabia.

—Tenga, las pastillas para las lombrices. Y no le descuide las orejas. Si no hay ningún inconveniente, nos vemos el año que viene o cuando quiera.

Me responde un «muchas gracias, hasta luego», se dirige a Rocío para pagarle y se marcha.

Miro la hora… Las dos menos diez. Le pido a Rocío que vaya cerrando y durante el escaso tiempo que tardo en quitarme la bata y ponerme una sudadera, le pregunto si tiene algo importante que hacer cuando salga de aquí, a lo cual me responde que no.

—Sigo con ansiedad y un poco mareado. No quiero irme a casa. Lo que me apetece comer en algún bar. ¿Me acompañas? Te invito.

—Sí —me responde—, pero antes te voy a poner más «decente» esa nariz…

Como dije antes, Rocío vive con su madre y su hija. Yo vivo solo. Mis padres viven frente al estadio del equipo de fútbol, en un edificio que se llama Atlántico, número seis. Más que un edificio parece una urbanización a pequeña escala. Tiene hasta piscina privada. En esa piscina y en la playa, que está a diez metros, aprendí a nadar y pasé los mejores veranos de mi infancia. Rocío, la hija de Rocío, tiene ya dieciséis años. Yo no tengo hijos. Rocío actualmente no tiene pareja y yo soy amante de una mujer casada, que afirma estar a punto de divorciarse de su marido para venirse a vivir conmigo.

Rocío y yo estamos almorzando en una cervecería situada en la plaza de la Catedral. Luego se va a su casa, a ver a su madre y a su hija y echarse un rato en el sofá a ver la tele. La consulta vuelve a abrir a las cinco de la tarde, hasta las ocho u ocho y media, según el trabajo que haya, pero nunca más de las nueve.

Sigo sin querer aparecer por mi casa, así que me dispongo a deambular por el casco histórico de Cádiz, con mi sudadera en la mano y aprovechando que todavía hace buen tiempo, que luego me paso casi todo el otoño y el invierno sin salir de casa. Menos mal que tengo trabajo, cuando no lo tenía, pasaba las horas muertas viendo la tele, viciado con la Playstation, en internet… y no hacía más que darle vueltas a la cabeza.

Estoy en la calle Compañía y voy hasta la plaza de las Flores. Me siento en la fuente que hay en medio de la plaza porque voy a llamar a mis padres, para saber cómo están que si no, luego me llama mi madre diciéndome: «Oye, ¿qué pasa contigo? ¿Ya no te acuerdas de que tienes padre y madre?». Hay un 99,9 por ciento de posibilidades de que sea mi madre quien conteste, pues ella es la que lleva el teléfono de casa en el bolsillo. También existe un 99,9 por ciento de posibilidades de que mi madre descuelgue y lo primero que me diga sea: «¡Hombre, menos mal que te has acordado de que tienes madre y padre!».

Estoy en la calle Columela, en dirección a la plaza del Palillero. Voy a entrar en la tienda de videojuegos, a ver qué hay. Igual me compro alguno o dejo hecha alguna reserva de uno que me interese y que vaya a salir a la venta próximamente.

Estoy subiendo la calle Novena. Al final, he dejado hecha una reserva en la tienda de videojuegos para uno que sale a finales de octubre. Me autorregalaré eso por mi cumpleaños, que es dentro de poco.

Estoy en la calle Ancha. La librería aún está cerrada; hasta las cinco y media no abren. Tuerzo a la izquierda y me meto en la calle Sagasta. Avanzo un poco hasta llegar a los restos de lo que fue una librería que me dejó muy bonitos recuerdos. Una verdadera lástima que ya no exista. He pasado ahí muy buenos ratos de charlas, cafés, cervezas, presentaciones de libros, jornadas gastronómicas… y me quedé con las ganas de presentar en ese lugar el que escribí, de literatura fantástica juvenil. Me invaden la nostalgia, la melancolía y la tristeza de no haber podido lograr aquel sueño…

Vuelvo sobre mis pasos. Estoy en la calle Ancha. Me siento en una terraza para tomarme un descafeinado de sobre. No debo ni quiero tomar café. Con los nervios me pasaría toda la tarde subiéndome por las paredes.

Voy a la calle José del Toro. La tienda de cómics está abierta y la que está más abajo también. Me dirijo a las dos a echar un vistazo.

De nuevo estoy en la calle Columela. Afortunadamente, son casi las cinco y media y el tráfico por esa calle es bastante tranquilo. Intenta atravesar la calle Columela a las doce de la mañana... La primera fase del parto de una madre primeriza puede durar horas; atravesar la calle Columela en hora punta también. Las cinco y media, hora de regresar al trabajo.

La psiquiatra me recetó un ansiolítico más fuerte que el que estoy tomando, solo para una emergencia. Lo tengo en mi bolsillo del pantalón, pero no me lo voy a tomar. A ver si la tarde está entretenida y se me va pasando.

Un gato común viene a vacunarse de la rabia. Un perro de la raza teckel (o, como los llamamos cariñosamente, «perro salchicha») viene a que le eche un vistazo a su lomo. Ya está mayorcito y los problemas en su espina dorsal empiezan a florecer. Esta es otra raza de perro que me tiene enamorado. Todo normal, hasta que ha llegado un cani con una boa constrictor (joder, vaya día…). Menos mal que es una cría recién adquirida (pero aun así… La madre que lo parió) y quiere preguntarme qué tipo de alimentación necesita. Me lo ha preguntado en su «idioma»: «Killo, hermano, ¿esto qué come?».

—Bueno, teniendo en cuenta que todavía es una cría, dale un ratón recién nacido al anochecer y tendrá suficiente para una semana —le aconsejo. Te va a durar menos la serpiente que una saliva en una plancha, colega. O se te muere o te aburres de ella y la dejas abandonada quién sabe dónde… Es tu capricho del momento.

Las ocho y media de la tarde. Rocío se ha marchado con un: «Venga, hasta mañana». Es viernes, 28 de septiembre; con lo cual mañana, sábado 29, también trabajamos, aunque solo por la mañana.

Va siendo hora de aparecer ya por casa, cenar algo, tomarme la tercera dosis de ansiolítico y a dormir. No tengo ganas de más nada.

La taberna que está justo a un paso de mi consulta está abierta. Comienza el fin de semana, así que habrá ambiente. De hecho, acaba de abrir y ya hay dos personas fuera bebiendo vino. No tengo ganas de más nada pero me siento tentado de entrar, sentarme en la zona de la barra y pedir una cerveza, y eso hago, que luego se convertirán en dos cervezas, posteriormente en tres, después en cuatro y por último en cinco. En el preciso momento en el que me sirven la quinta cerveza, hay un apagón. Típico cuando hay un apagón en Cádiz: la gente da un grito al unísono como si hubiesen terminado las campanadas de fin de año. Permanezco sentado, y mareado... muy mareado. Verás cuando me levante y sin luz dónde voy a ir a parar... Pregunto la hora porque el reloj de mi teléfono móvil me baila en los ojos y me dicen que son las once de la noche. Los clientes encienden las linternas de sus teléfonos móviles y la gerente y la camarera lo agradecen y hacen lo mismo. Saco la cartera, le doy la tarjeta de crédito a la encargada de la barra para pagarle y me dispongo a caminar hasta mi casa.

Me parece que soy el único que va por la calle sin la linterna del teléfono móvil encendida. También me parece que soy el único que va borracho. Menos mal que sé disimularlo bien y, además, a oscuras nadie me va a reconocer, o eso espero. Oscuridad y luces de teléfonos móviles. Creo que es lo más cerca que voy a estar de caminar por un bosque de luciérnagas.

En el casco histórico de Cádiz, hay una calle que se llama Adolfo de Castro, situada cerca del Teatro Falla y la Alameda. Bien, pues casi al principio de esa calle hay una plaza pequeña que se llama plaza de la Oca. Ahí vivo yo, en el número uno, bajo izquierda. Me pareció un bonito lugar para mudarme, para vivir tranquilo. Y así es.

Al hacer el giro a la derecha para entrar en la plaza, tropiezo con algo y voy directo al suelo. Ya me parecía raro que no hubiera tenido ningún contratiempo en el trayecto de la taberna a mi casa. Y para colmo empieza a llover con intensidad. Menos mal que ya casi estoy en la puerta de mi casa. De camino, me cayeron algunas gotas a pesar de que el cielo apenas estaba nublado. Más bien era una de esas nubes que, mientras descarga, piensas: «Bah, solo son cuatro gotas y pasa de largo». Noé también pensaría lo mismo cuando le cayó el diluvio universal. Me lo imaginé por un momento con todos los animales metidos en el arca y diciéndoles: «Señores, no se preocupen, que esto solo es una nube pasajera. Quien no se haya traído paraguas que se refugie debajo de ese toldo».

A eso fui cuando me levanté del suelo, a refugiarme en mi casa, dando bandazos de un lado a otro. Odio la lluvia, sobre todo si no llevo paraguas; pero, aun llevándolo, la odio igualmente. Aunque más me preocupaba haberme tropezado y haber caído sobre la mierda de un perro. Un día leí en un artículo de una página de internet que en Cádiz sobran perros... Perdone, señor mío, pero no. En Cádiz lo que sobra es gente guarra que no echa agua sobre los meados, ni recoge las cacas. «La culpa la tienen los humanos, no los animales». En el mundo se estima que existen unos quinientos millones de perros mientras que la población humana ronda los siete mil quinientos millones. En mi opinión, falta flora y fauna y sobran humanos.

Pero... ¿Qué ha sido eso? He escuchado como si dieran un golpe seco en uno de los bidones de la basura. Voy a encender la linterna del móvil.

¿Has tenido alguna vez la sensación, ya estés quieto o andando, como si tuvieses algo o alguien justo detrás de ti y cuando te das la vuelta no hay nada ni nadie? Eso me acaba de suceder. Apunto hacia la plaza con la linterna. No hay nada. Muevo la mano hacia la derecha. Nada. La muevo hacia la izquierda. Nada tampoco. Apunto a mis pies y... ¡Ah! ¿Qué era eso? El móvil se me ha caído al suelo del susto y hasta se me ha apagado la linterna. O la borrachera está haciendo que vea cosas extrañas o, delante de mí, acabo de ver algo. Solo me ha dado tiempo a distinguir unos ojos grandes y amarillos, ligeramente ovalados, y unas orejas largas, puntiagudas y terminadas en pinceles. No quiero agacharme a coger el móvil, no sea que esa «cosa» me arranque la mano.

—Oye, colega. No sé si todavía estás aquí o ya te fuiste, pero que sepas que me has quitado la borrachera que llevaba encima, gracias —digo entre balbuceos a no sé quién.

No se ha ido. Sea lo que sea, esa «cosa» me ha tocado la pantorrilla izquierda y he levantado la pierna como un resorte. El corazón lo tengo a mil, un escalofrío me recorre el cuerpo y me está empezando a entrar ansiedad. Mi móvil se está mojando. Encima, me va a tocar ir mañana a comprar uno nuevo, si es que salgo vivo de esta.

—Solo dime una cosa: no serás un *gremlin*, ¿no? Porque quiero pensar que los *gremlins* no existen. Y, si existen, la llevo clara, porque estás bajo la lluvia y como te empieces a multiplicar verás las risas que nos vamos a echar entre todos.

Creo que me ha respondido, a su forma, y su forma de responderme me ha hecho sentir como un imbécil. Ha emitido un maullido.

—La madre que te parió… Menudo susto me has dado, colega —le digo mientras cojo el móvil del suelo—. Bueno, en realidad no es culpa tuya, sino mía por pensar tonterías.

Me siento en la casapuerta. Lo necesito, a ver si me relajo un poco. Enciendo otra vez la linterna y apunto a su cara, esta vez con más decisión, pues ya sé de qué se trata; aunque después le apunto hacia abajo para no dañarle los ojos.

—Espero no haberme tropezado contigo al caerme al suelo. Si es así, discúlpame. Aunque, si hubiese tropezado contigo, habrías maullado fuerte. Pero… ¿Qué haces aquí? No eres un gato común —le digo—. Eres muy grande. A juzgar por tu aspecto, puedes tener… un año y medio. Dos como mucho. No me atrevo a cogerte, pero puedes pesar unos seis o siete kilos. —El gato emite un maullido, le pongo la mano y me deja acariciarle la cabeza y el lomo. Seguidamente, se mete debajo de mis piernas y se echa—. Por mucho que tu pelaje sea muy resistente al agua, incluso a la nieve, estás mojado. —Me quito la sudadera y me la pongo encima de las piernas para que no se siga mojando.

A mí, llegados a este punto, me da igual seguir mojándome. Total, en la lluvia es en lo que menos pienso ahora mismo. Meto la mano por debajo de la sudadera para seguir acariciándolo. Se ha puesto a ronronear. Tiene un manto de pelo negro precioso, excepto debajo del cuello y en la zona del pecho, que es de un blanco brillante, también precioso.

—Eres de la raza coon de Maine, ¿cierto? O Maine coon, Mancoon, «maricón»... —Suelto una risotada. —Es broma, pero lo que sí es cierto es que eres hembra, ¿verdad? Eres una raza muy cara si eres de raza pura, que yo diría que sí lo eres.

Puedes costar entre ochocientos euros y hasta mil quinientos. —La gata vuelve a maullar. —En esta plaza no, pero en Adolfo de Castro vive gente pija, te habrás escapado de ahí aunque por tus maullidos no estás en celo. —La gata maúlla de nuevo pero esta vez más leve. —Está bien, ya me callo.

Me pongo de pie, meto la llave en la cerradura (no puedo creer que borracho y ansioso haya acertado a la primera) y la gata entra primero.

—Pase, está usted en su casa… —le digo sonriente. Le pongo algo de comida y agua. Me desvisto hasta quedarme en bóxer, me tomo mi tercera dosis de ansiolítico, dejo la ventana abierta por si la gata cuando se aburra quiere volver a su casa y me meto en la cama. La gata se sube en la cama y se acurruca a mi lado—. No sé si ya tendrás nombre —le susurro mientras la acaricio—, pero nos hemos conocido en la oscuridad y bajo la lluvia. Siempre he creído en el amor a primera vista y tú eres prueba de ello, sin embargo, a primera vista lo que me he llevado es un susto acojonante. Lluvia no me gusta de nombre para gato. A los gatos no les gusta el agua y yo odio la lluvia. Prefiero la oscuridad mil veces. Oscuridad… *Darkness* es oscuridad en inglés. Darkness… Me gusta para ti, pero te pondré ese nombre mañana. Ahora vamos a dormir —termino por decirle, mientras cierro los ojos.

Abro un poco los ojos, los vuelvo a cerrar, paso mi mano izquierda por la cama y compruebo por el tacto y para mi frustración que ella ya no está conmigo. Darkness se ha ido o estará en algún lugar de la casa. Silbo, a ver si así viene, pero no acude a mi llamada. Me asomo a ver los cacharros de agua y comida que le puse y están llenos. Estoy empapado de sudor, así que voy a meterme en la ducha, pero antes voy a lavarme los dientes, que parece que tengo trozos de filetes de cerdo entre ellos. De la borrachera que tenía, ni recuerdo haberme despertado en mitad de la noche a comer. Desde luego, el estómago lo tenía vacío de comida y lleno de cerveza cuando me acosté. Cuando termino de vestirme y me dispongo a preparar el desayuno, llaman al timbre.

Me asomo por la ventana y veo a un hombre y a una mujer que no conozco de nada. El hombre va trajeado, tiene aspecto de jubilarse dentro de poco, pelo y bigote canosos y 1,65 de estatura. La mujer, ligeramente más bajita y regordeta, tiene el pelo rubio de bote y recogido en una cola y lleva un vestido que le llega por debajo de las rodillas, con unos zapatos de tacón para tener casi la misma altura que el hombre que la acompaña.

—¿Sí? ¿Querían algo? —les pregunto a través de la ventana.

—¿Es usted Carlo Fontana? —me pregunta el hombre y eso me pone un poco de mala hostia.

—Soy el doctor Carlo Fontana. ¿En qué puedo ayudarles? —respondo haciendo hincapié en «doctor».

—Somos de la policía científica. Nos gustaría hacerle algunas preguntas —dicen tras enseñarme unas placas que los identifican como tales y pongo una cara de asombro que ni yo mismo me creo que pueda llegar a poner esa cara, porque tengo la impresión de que nunca la he puesto. ¿Qué habrá pasado? ¿La policía científica en mi casa…?

—Por supuesto. Pasen.

Les pregunto si desean algo de comer o de beber, pero me responden negativamente.

—¿Podrían darme un par de minutos? Voy a hacerme el desayuno. —Les digo.

—Adelante —me responde la inspectora—. Está usted en su casa.

Leche, cacao, dos cucharadas de azúcar y cereales de trigo inflado con miel es mi desayuno. Me siento en el sofá, dejo la taza en uno de los posavasos que tengo en una mesita baja y, como imagino a lo que ha venido la policía, pues soy quien toma la palabra:

—Miren, si vienen por el incidente de ayer en mi consulta, no pasa nada. Me da igual, en serio. No voy a denunciar a Yoni. —Los dos policías se miran estupefactos—. ¿Qué pasa? No quiero denunciarle. Lo siento, pero… Por favor, no quiero saber más nada de ese tema.

La inspectora cierra los ojos, hace una mueca con la boca y empieza a agitar su mano derecha. No sé si me está pidiendo que me calle o pretende decirme que no han venido para eso. O las dos cosas a la vez.

—Doctor Fontana, ¿afirma usted no saber absolutamente nada de lo sucedido anoche? —me pregunta la inspectora, me encojo de hombros y también le hago una mueca con la boca.

—¿Anoche? ¿Qué sucedió anoche? —Pregunto intrigado.

42

—Yoni fue hallado sin vida a las puertas de su casa, antes del amanecer. —Me responde la inspectora y yo abro los ojos de par en par.

CAPÍTULO 4

UNA BLOODHOUND, UN POINTER INSOPORTABLE Y OTRO PITBULL QUE YA NO VOLVERÁ

El sargento se levanta y comienza a deambular por mi casa, espero que no le dé por tocar nada.

—Disculpe —le digo a la inspectora—, pero para que su compañero haga eso, ¿no hace falta una orden judicial?

—¡Oh! Disculpe al sargento Hipólito. Mi compañero es así de cotilla. Si quiere, le pido que espere en la calle, así podremos charlar mejor —me responde, haciéndome una mueca de complicidad.

—No pasa nada, que cotillee todo lo que quiera. Mientras no desordene mi desorden… —le pido—. ¿Puedo saber cómo murió Yoni?

La inspectora busca al sargento Hipólito con la mirada pero no lo encuentra. Lo estoy oyendo en mi habitación. Trato de recordar el nombre de la inspectora que, como es lógico, lo llevaba escrito en su placa cuando me la enseñó. Empezaba por

Bra…, Bre…, Bri… ¡Brígida! Ese es. ¡Vaya nombrecitos que les pusieron!

—Al parecer, desangrado. Tenía un fuerte golpe justo encima de la nuca. Lo encontraron sobre un charco de sangre. Sangre que también había en uno de esos bolardos que ponen en las calles, justo al lado de donde hallaron el cuerpo. Y, si eso no le parece suficiente, después le desgarraron la garganta —me cuenta y pongo cara de asco. Odio esos postes que se anclan al suelo para impedir el paso o el aparcamiento a los vehículos. Más de una vez me he dado un buen golpe en la rodilla con uno con ellos y no veas cómo duele—. La hora oficial de la muerte se estima entre las cuatro y las cinco de la madrugada.

«Parece que el tiempo pone a cada uno en su lugar, y el tiempo de este no ha tardado mucho en ponerlo en el sitio que le corresponde», pienso. Y más si son escoria como Yoni. Dicen que no hay que alegrarse del mal ajeno. Así que ni me alegro ni me dejo de alegrar, simplemente me la sopla. Pero bien es cierto que la gente que se dedica a lo que se dedicaba él no suelen salir bien paradas.

Suena un teléfono, el mío no es porque si lo fuera reconocería su timbre de inmediato. Es el de la inspectora, que me pide disculpas y se ausenta por unos momentos. Aprovecho para terminar de desayunar y llevar la taza al fregadero, abandonándola a su suerte, llena de agua hasta el borde, más tarde la fregaré. El sargento Hipólito ha salido de mi dormitorio y a la calle. Menos mal, este hombre me estaba poniendo cada vez más nervioso.

—Era el forense. En breve llegarán a mi correo electrónico los resultados de la autopsia. Las heridas de la garganta se produjeron con uñas largas y afiladas. —Se fija en mis uñas y yo, lejos de esconderlas, se las enseño con relativa tranquilidad, puesto que los nervios y la ansiedad provocan que me lleve todo el día con las manos temblorosas y mordiéndome las uñas.

—Ahora debemos aclarar el móvil del asesinato. ¿Por qué alguien hizo algo así? No descartamos que sea un crimen llevado a cabo por dos personas. —La miro a los ojos mientras la escucho atentamente y voy asintiendo con la cabeza a lo que me va diciendo—. Así pues, ¿dónde estuvo usted la pasada madrugada entre las cuatro y las cinco?

«La pregunta del millón», pienso.

—Estuve aquí en casa, durmiendo. Salí del trabajo, me metí en la taberna que está justo al lado y… Bueno, me emborraché. Llegué sobre las doce y media. Me acosté en cuanto llegué y he dormido como un bebé. Me desperté poco antes de que ustedes vinieran. —La inspectora toma nota en su bloc de todo lo que le digo. Esta gente no parece querer aparatos electrónicos para apuntar las declaraciones de los testigos, sospechosos… Siguen con el bloc y el bolígrafo de toda la vida. Como debe ser, nada como la escritura de uno mismo para que luego no haya confusiones.

—¿Tiene alguien que confirme que estuvo aquí durmiendo toda la noche?

«Esa sí que es la pregunta del millón», vuelvo a pensar.

—Pues no, no tengo a nadie que lo ratifique. Cuando llegué a la casapuerta, me encontré con un gato, y creo que estuvo toda la noche durmiendo conmigo. Digo "creo", porque, como acabo de decir, no me desperté en toda la noche. No puedo saber si también estuvo toda la noche conmigo o se fue a los dos minutos de haberme quedado dormido. Si ese gato me sirviera de testigo, iría sin dudar a buscarlo.

—Imagino, doctor Fontana —dice la inspectora—. Pero, por desgracia, tanto para usted como para nosotros, no nos sirve.

Es decir, que soy sospechoso de asesinato, que digo sospechoso, muy sospechoso, y más aún si tienen en cuenta el incidente de ayer en mi consulta, pueden pensar que lo maté por venganza… ¡No puede ser! Estuve toda la noche aquí, en mi casa, durmiendo, ¿cómo podría demostrarlo? Si Darkness estuviese aquí y pudiese hablar… Me está empezando a dar un ataque de nervios, de ansiedad y necesito mi medicación.

—Con su permiso —le digo a la inspectora. Voy a mi habitación a coger el antidepresivo y el ansiolítico. Luego a la cocina a por un vaso de agua y me tomo los dos seguidos.

—Hábleme un poco de su medicación, doctor —me pide la inspectora.

—Hace unos meses fui diagnosticado de depresión ansiolítica por hipocondría, a causa de las mordeduras de un perro, Sauron, el perro de Yoni —le cuento.

—Sí, el mismo que sacrificó usted ayer —me dice y le enseño las cicatrices de las mordeduras en las manos y los brazos, y la herida que me hizo ayer en el tobillo—. Está muy nervioso, ¿verdad?

—¡Como para no estarlo! —replico—. Ayer sacrifico a un perro cuyo dueño me agrede, me insulta, me amenaza, cosa que me lleva sucediendo desde hace unos meses desde que me atacó el perro. Interpuse la denuncia, fuimos a juicio y lo ganamos la dueña del caniche al que Sauron asesinó y yo. Como digo, ayer sacrifico a su perro y anoche su dueño aparece asesinado. No tengo coartada, tan sólo mi palabra. Es normal que esté nervioso sabiendo que puedo ir a la cárcel, injustamente, pero podría ir. Créame, de todos los planes que tengo para mi vida en ninguno entra ir a la cárcel. Ni a corto ni a largo plazo, se lo garantizo.

—Tranquilícese, hombre, que nadie le ha señalado todavía con el dedo acusador. —me pide la inspectora—. Bien es cierto que el no tener coartada, lo convierte en un potencial sospechoso. Sin embargo, tampoco descartamos que esto no sea más que un ajuste de cuentas, si tomamos en consideración los círculos en los que se movía Yoni. Pero compréndalo, nosotros debemos hacer nuestro trabajo.

—¡El trabajo! ¡Se me olvidaba que debo ir a trabajar! No me extraña con la mañana que llevo y eso que sólo ha hecho empezar. Ya casi es la hora de abrir la consulta.

—También yo debería irme a trabajar. Tengo la mañana completa de animales que requieren mi atención —le digo a la inspectora con la esperanza de que no me siga entreteniendo y me deje ir al trabajo.

—Pues vaya, vaya a trabajar. Nosotros también debemos seguir recabando información y ver hacia dónde nos lleva todo esto —me explica la inspectora, haciendo que suspire de alivio—. Gracias por su atención. Si tiene algo que contarme, no dude en ponerse en contacto conmigo. —Me da su tarjeta de visita y se marcha.

Durante el resto de la mañana en la clínica veterinaria, entre paciente y paciente, le voy contando a Rocío lo sucedido. Necesito desahogarme con alguien de confianza y Marina no está, está con su marido al cual ya no le hace ni puto caso, ni él a ella tampoco, y con sus dos hijas. Marina está a punto de firmar su divorcio. Va a ser un buen regalo para mi cumpleaños.

Unas palabras han quedado grabadas a fuego en mi cabeza y no me las puedo sacar de ahí: "Potencial sospechoso de asesinato", y todo por no tener coartada.

Si Marina se hubiera quedado a dormir conmigo, eso ahora estaría más que aclarado. Pero no. Cádiz es una ciudad muy pequeña y en cuestión de horas todo el mundo sabrá lo que ha sucedido, si es que no lo saben ya, que dudo que todavía no lo sepa la gran mayoría.

Dos señoras mayores están en la sala de espera. Una lleva un gato metido en su trasportín y la otra lleva amarrado un galgo muy bonito pero que al pobre le falta una de sus patas traseras, debido a un atropello.

Las observo hablando entre ellas y de vez en cuando me miran, como si estuvieran diciendo: «¿Te has enterado del chaval que mataron anoche en el barrio de la Viña? Pues este hombre pudo ser el asesino…»

Espero que no estén hablando de Yoni, aunque eso no se puede evitar, es la noticia del día en Cádiz. La clínica veterinaria me está yendo de maravilla y no puedo permitir que se dude de mí. Si tan seguro estoy de mi inocencia, debo probarla de alguna manera, pese a no saber cómo. Me veo obligado a limpiar tanto mi imagen como la de la clínica y, por supuesto, la de Rocío, porque "no descartamos que sea un crimen llevado a cabo por dos personas". La gente puede pensar que fuimos Rocío y yo.

—Si quieres podemos hacer una cosa —me propone Rocío cuando echamos el cierre a la clínica por hoy—: La comisaría de policía está recién reformada. Mi madre me dijo que había visto en las noticias locales que le habían puesto muchos instrumentos de última generación. Quizá haya algo allí que nos ayude. Al menos, podemos intentarlo. Ya sabes lo que dicen: cuando se cierra una puerta, se abre una ventana.

—Pues será para que saltes por ella… —le respondo.

—Carlo, no seas tonto. Podríamos ir cuando acabemos de almorzar. Esta vez te invito yo —termina por decirme, pero rechazo su propuesta. Me acaba de dar una esperanza y debo corresponderla con algo, así que pago el almuerzo.

La comisaría de policía bien es cierto que la han puesto muy bonita y de última generación, pero el único "instrumento de última generación" que a Rocío y a mí nos puede ayudar es el detector de mentiras de toda la vida. Pero bueno, nos da igual. Queremos lavar nuestra imagen, aunque sea con ese aparato. Además, si es de última generación, será el polígrafo 2.0 o 3.0, o vete a saber. El caso es que nos presentamos voluntarios y nos vamos a someter a él.

Primero Rocío y luego yo. Las damas primero. Al llegar mi turno, me encuentro sólo en una habitación con una chica joven que me va hacer la prueba. Me miro y me veo lleno de cables, hasta un tensiómetro. Me pregunto si en uno de esos cables tendrán instalado Netflix y la que me va hacer la prueba lo está viendo en su monitor, pasando de mi culo.

—¿Es usted el doctor Carlo Fontana? —me pregunta.

—Sí —respondo.

—¿Es usted veterinario de profesión?

—Sí.

—¿Mantiene una relación extramatrimonial con Marina Henn?

—Sí.

—¿Mantiene también una relación amorosa con Rocío, su auxiliar de veterinaria?

—No.

—¿Pensó en alguna ocasión atentar contra la vida de Yoni Vargas?

—Sí.

—¿Se arrepintió después de sacrificar al perro de Yoni Vargas mediante eutanasia?

—Y antes de hacerlo, también, pero había firmado ya el papel y estaba muy pero que muy cabreado.

—Doctor Fontana, le ruego que responda solamente sí o no a lo que se le pregunte. ¿Se arrepintió después de sacrificar al perro de Yoni Vargas mediante eutanasia?

—Sí... (¡Joder!)

—¿Asesinó usted a Yoni Vargas?

—No —respondo rotundamente.

BRÍGIDA

—Aquí tienen los resultados. Los dos han dicho la verdad. No han mentido ni una sola vez —nos dice Leandra. Ella es quien realizó la prueba del polígrafo.

—Esa prueba no es fiable, todo el mundo lo sabe —dice el sargento.

—Pues para no ser fiable, ni yo misma la hubiera podido hacer mejor —replico—. Dos personas no se presentan así como así en una comisaría de policía para someterse a la prueba del polígrafo si no tienen tan claro que sean inocentes.

—Brígida, utiliza tu instinto de bloodhound, de sabuesa… ¿Qué te dice? —me pregunta el sargento.

—Mi instinto me dice que el doctor Fontana se ha tomado esto muy a pecho, y la auxiliar ha querido ayudarle. Además, esas marcas de uñas largas y afiladas parecen más producidas por un animal que por un ser humano. Vamos a investigar los círculos por donde se movía Yoni —respondo—. A ver qué encontramos ahí.

CAPÍTULO 5
CUMPLEAÑOS INFELIZ

11 DE OCTUBRE DE 2018

Un día como hoy, pero hace treinta y nueve años, nací yo, concretamente a las tres de la madrugada. Lo curioso es que en mi carné de identidad pone que nací un 11 de octubre, en el libro de familia pone 10 de octubre y en mi partida de nacimiento pone 12 de octubre. No me preguntes cómo puede ser eso así porque yo tampoco lo sé. Pero así es, tal cual.

Lo primero que hago al despertarme es mirar mi teléfono móvil. La gente te felicita por tu cumpleaños en una red social porque la propia red social se lo «chivatea». No sé cuántos mensajes de felicitación a través de la red social; otros tantos a través de WhatsApp, de familiares y algunas personas que me tienen mucho cariño y prefieren hacerlo «personalmente» antes que por la red social; y algún correo electrónico de foros de videojuegos o de tiendas de telefonía móvil donde, ya que aprovechan para felicitarte, te dicen que dispones de un cupón de descuento por si quieres cambiar de teléfono móvil, comprar una tableta, accesorios, etcétera.

Pero aparte de todo eso también me interesa la página digital del periódico local, a ver si por fin han encontrado al culpable o culpables del crimen de Yoni. Busco, busco y rebusco, hasta dar con las páginas de sucesos. Así hemos estado Rocío y yo desde que salimos aquel día de la comisaría de policía, pero ambos con la cabeza bien alta porque no habíamos mentido.

Ella parecía llevarlo mejor, pero a mí me tenía de los nervios echar un vistazo todos los días a las páginas de los periódicos digitales locales y no encontrar nada de lo que buscaba. Hasta ahora, porque acabo de dar con una noticia: «La policía archiva como ajuste de cuentas el asesinato del joven viñero de veinticinco años Yoni Vargas. Fuentes cercanas a este medio aseguran que el señor Bosco Vargas, padre de la víctima y dueño de la residencia canina Happy Dog (sí, sobre todo *happy*; que se lo digan al pobre Joker y a su dueña), habría llegado a un acuerdo con el juez instructor del caso para que se diera por cerrado».

Vaya, parece que con dinero se pueden hacer muchas cosas, hasta renunciar a encontrar al culpable o culpables del asesinato de tu propio hijo. Así sería la relación entre ambos para que el señor Vargas haya tomado una decisión tan drástica.

No puedo ocultar mi alegría por esta noticia. Tanto Rocío como yo podemos respirar tranquilos. Cuando llegue al trabajo, hablaremos sobre ello.

Hoy me espera un día ajetreado. Afortunadamente mañana es fiesta, así que trataré de aprovechar al máximo tanto el día como la felicidad que me invade.

Son las ocho y media de la tarde. Rocío echa el cierre a la clínica y se marcha, no sin antes yo haberle presentado a Marina, que ha venido a recogerme al trabajo:

—Marina, Rocío. Rocío, Marina.

Marina le da dos besos a Rocío con una sonrisa, mientras que Rocío le devuelve una mirada fría, de esas miradas penetrantes que parecen poseer algo maligno y, a la vez, de indiferencia. Rocío se despide y se marcha.

Marina y yo vamos a cenar a un restaurante, de esos denominados buenos, bonitos y baratos, situado en la calle Rosario, a muy pocos metros de la plaza de San Agustín. Cada vez que podemos, venimos a este lugar a almorzar o cenar, sobre todo sus patatas bravas, que son mi perdición.

Después de cenar, damos una vueltecita gaditana por el casco histórico. Nos metemos en una tetería situada en la calle San José, a escasos metros de la plaza Mina, y nos pedimos un mojito. Lástima que sea jueves y no viernes, porque los viernes tienen danza del vientre a las once de la noche y a mí esas chicas con esos bailes y esas ropas me… alegran mucho la vista.

Continuamos andando por el casco histórico de Cádiz, haciendo alguna parada para mirar algún escaparate o saludar a algún conocido o familiar y charlar un poco con ellos. Llegamos a la plaza de la Catedral y decidimos que antes de irnos a mi casa entremos en una yogurtería ubicada allí. Nos pedimos un yogur helado, al que gracias a una conocidísima serie de televisión de dibujos animados yo le llamo «yogurlado». Poco antes de la una de la madrugada, estamos de vuelta en mi casa.

Marina me pide que cierre los ojos o que salga de mi habitación porque me tiene preparada una sorpresa, aparte de la que le tenía preparada yo, que había adornado mi cama con pétalos de rosas y había encendido velas aromáticas de colores alrededor.

Salgo de la habitación y, cuando me dice que ya puedo entrar, me quedo embobado mirándola. Pelo recogido con una cola, tonos marrones rojizos en su maquillaje de ojos para que resalten aún más sus ojazos verdes, sin sujetador, una falda muy corta roja de cuadros (o, como yo la llamo, «faldita de colegiala»), las medias blancas de liguero que usó el día de su boda, para recordar con más cariño a su marido y unos zapatos de tacón rojos.

La noche ha sido muy pero que muy productiva.

Al día siguiente, nos despertamos bien tarde, más de las doce del mediodía. Rozando la una de la tarde y mientras estamos desayunando, me suelta las tres palabras que en cualquier relación de pareja hacen que tiemblen los cimientos: «Tenemos que hablar».

Mi cara de felicidad, creo que fue por intuición, dio paso a una cara de preocupación inimaginable.

—¿Qué ocurre? —le pregunto.

—Verás, es que siento que no me das todo lo que necesito —me responde.

—¿A qué te refieres?

—Cuando estamos juntos, no siento que estés dando el cien por cien, como yo. A mí me gusta abrazarte, besarte, que tú también lo hagas, pero tú…

—Pero a ti te gustaría que yo lo hiciera las veinticuatro horas del día. También te doy algún abrazo o un beso de vez en cuando, pero también sabes que soy arisco y no me gusta estar todo el día pegados como dos lapas. Eso es lo que a ti te gustaría, pero pienso que eso termina amargando a cualquier pareja. A mí me gusta demostrar cuánto te amo de otras formas y lo hago. Empezando por el respeto, porque me podría haber liado con alguna que otra mujer y, sin embargo, te he sido fiel a pesar de ser una mujer casada y poder liarte con tu marido cuando quieras. Un día, y eso no se me olvidará jamás, me confesaste que eres ninfómana y yo, perdona que te diga, ese ritmo no puedo seguirlo. El antidepresivo, el ansiolítico, la depresión, los nervios, la ansiedad… hacen que me cueste la misma vida llegar al orgasmo. Pronto me los irán quitando, progresivamente, cuando vean que voy avanzando cada vez mejor de la depresión. Lo único que debemos tener es paciencia. Si, como llevas seis años diciendo, soy el amor de tu vida, esto imagino que lo comprenderás y me ayudarás a salir de ahí. No me dejes solo en esto, por favor. Necesito ayuda.

—Es que ¿sabes qué pasa? Sabes que hablo con alguna gente por WhatsApp o por el Messenger de la red social y que hay tíos que me tiran la caña hasta en el trabajo (ella trabaja en una empresa de limpieza), pero no les hago caso porque estoy contigo. Pero estos días atrás, he quedado con una persona para tomar café y lo hemos pasado muy bien.

Se me hace un nudo en la garganta, en el estómago y un escalofrío me recorre todo el cuerpo.

—¿Ha pasado algo más, aparte de tomar café? —le pregunto.

—No, solo eso. Tomar café y charlar de nuestras cosas —me responde, pero no me creo nada de lo que me dice—. Sin embargo ayer me pidió que fuera su novia.

—Lógicamente, le habrás dicho que no, porque estás conmigo.

—Le he dicho que sí. —Esa respuesta termina de derrumbar mis ánimos.

—¿Qué hay de esas palabras que les dijiste un día a mis padres, en las que asegurabas estar muy enamorada de mí, que no me ibas a dejar escapar y que una vez que te divorciaras íbamos a recuperar el tiempo perdido y juntos para siempre? Fue para reírte de ellos en su cara, ¿verdad? Hasta en la cara de mi familia te has reído.

—No me he reído en la cara de nadie y mucho menos en la de tus padres, que me han tratado como si fuera su hija y me han dado todo lo que han podido. Los quiero mucho, tanto a ellos como a tu hermano, tu cuñada, tu familia entera, a ti, por supuesto, y a tu sobrina, que la siento como mía.

—Me parece a mí que tú nunca has querido a nadie en tu puta vida.

—No me llames puta. Retira eso ahora mismo —me dice llorando y enloquecida de los nervios.

—No te he llamado puta como tal. No tengo nada que retirar.

Marina me propina un puñetazo en la cara y seguidamente una patada en la rodilla mientras me pide de nuevo, a gritos y fuera de control, que retire eso. Me quedo escasos segundos pensativo y la reacción que tengo es agarrarla de la nuca, señalarla con el dedo índice de la otra mano y decirle:

—Jamás me vuelvas a poner una mano encima. ¿Te has enterado? —Me responde con un «sí» y le quito la mano de la nuca.

—Me has hecho daño —me dice.

—¿Y tú a mí no? —le replico—. Me has hecho daño física y psicológicamente.

Me siento muy extraño, verdaderamente extraño. He salido con varias chicas, no sé si muchas o pocas, pero ninguna de ellas me había agredido ni mucho menos había agredido yo, por supuesto. Una chica, María se llamaba, me había llevado al límite de mi paciencia, pero supe guardar la compostura y preferí echarla de mi casa, cuando yo aún vivía con mis padres. Odio la violencia, pero si me agreden primero, mi respuesta inmediata es tratar de repeler la agresión de alguna manera, sea o no la correcta. Marina había cavado solita la tumba de nuestra relación en el momento que me agredió, así que solo puedo hacer con ella lo mismo que hice con María en su momento.

—Recoge tus cosas y sal de mi casa —le ordeno—. Que te vaya todo muy bien con tu nuevo novio. A ver si lo terminas amando la mitad de lo que, según tú, me amas a mí. — (¡Falsa, falsa, falsa!).

—Nunca me voy a olvidar de ti. Siempre vas a estar ahí, presente en mi corazón. Eres el hombre de mi vida, pero lo nuestro no puede ser, porque siento que doy el cien por cien y tú, nada. —Flipo en colores, de verdad.

—Entonces basarás tu nueva relación en una mentira como la nuestra y la que has mantenido con tu ex marido, que estando con él y por haberse acostado con otra, tú también lo hiciste por doble despecho. Porque la otra excusa que me pusiste cuando te acostaste con el ex marido de tu amiga es porque ella te había hecho no sé qué putada y os enfadasteis. Dime, ¿quién te perdonaría eso si no es una persona que te ama profundamente? Y también te perdoné que cuando echaste de tu casa a tu ex marido e ibas a iniciar el proceso de divorcio, me dijeras que te había entrado la pena y que le ibas a dar otra oportunidad, porque no hacía más que prometerte que iba a cambiar. Me dejaste con toda la cara partida, mientras él alardeaba en su red social de las veces que follabais, por si acaso el amante de su mujer alguna vez lo leía y conseguía ponerme celoso a más no poder. ¿Y me dices que no he dado el cien por cien en esta relación? Te he perdonado mucho, pero una mujer que me agrede es la gota que colma el vaso de mi paciencia. Motivo de tarjeta roja y expulsión, sin necesidad siquiera de mirar el VAR. Fuera de mi casa. ¡Ah! Y una última cosa, los calzoncillos tan bonitos que me regalaste y que, por cierto, son los que llevo puestos, no hacen más que traerme mala suerte cada vez que me los pongo. No sé si tirarlos a la basura o donarlos a… ¡yo que sé! "Gayumbos sin Fronteras" o algo así…

Marina se larga, yo me echo a llorar y voy a buscar mis dosis de antidepresivo y ansiolítico.

Siento que acabo de pasar de un pico de la ansiedad a otro a la velocidad de la luz. De pensar que puedo tener una enfermedad incurable y me voy a morir (que, de hecho, me voy hacer análisis de sangre por si esta tiparraca me ha pegado algo de esos tíos) a pensar qué pinto en esta mierda de vida si nada me sale bien. Acabo de echar de mi casa a la persona que creía que era la mujer de mi vida porque me acaba de demostrar que no lo es; abro la clínica veterinaria para ayudar a mis queridos animales y pierdo clientes, al estar bajo sospecha de que entre esas paredes trabajan dos potenciales sospechosos de asesinato. Espero que la noticia de hoy haya apaciguado las almas entre cuidadores de mascotas y veterinarios y todo vuelva a su cauce normal. Se me pasa por la cabeza tomarme la tableta entera de ansiolíticos, o mejor la caja entera de antidepresivos, a ver si así me segrega tanta serotonina que me explota el cerebro de felicidad. Llamo a Rocío por teléfono:

—Rocío, ¿tienes algo que hacer hoy? —le pregunto. Mi voz le delata mi estado de ánimo.

—Pues a ver, mi hija se ha ido unos días a Valencia con su padre y mi hermano ha venido de allí con mis sobrinos para pasar unos días con nosotros, ¿qué te pasa? —Me responde.

—Necesito hablar contigo. ¿Te invito a almorzar y hablamos?

—Ese tono de voz no me gusta nada, Carlo. Algo muy fuerte ha debido de pasar. Está bien, quedamos a las dos y media en la estatua de Castelar.

La estatua de Emilio Castelar está situada justo en el centro de la plaza de la Candelaria, muy cerca de la clínica veterinaria. Rocío vive en esa plaza. Emilio Castelar fue un político, historiador, periodista y escritor español, presidente del Poder Ejecutivo de la Primera República entre 1873 y 1874, que nació en Cádiz y falleció en San Pedro del Pinatar, en la provincia de Murcia.

Ahí me encuentro con Rocío y vamos a almorzar a un restaurante italiano ubicado en la avenida Cuatro de Diciembre de 1977 y que rodea la calle Cristóbal Colón y la calle Nueva. Tiene dos entradas: una por la calle Nueva y otra por dicha avenida. En ambas calles tienen puesta terraza, pero decidimos entrar por la calle Nueva, que es la que nos coge de camino.

Si en algo nos hemos convertido a lo largo de los años que hace que nos conocemos, es en muy buenos amigos. A pesar de que hemos discutido, peleado, insultado, etcétera, siempre volvemos el uno al lado del otro. Siempre ha estado ahí para escucharme y yo para escucharla, porque también nos une la depresión.

Hoy día nos alegramos de que se encuentre con muchas ganas de luchar, trabajar y sacar a su hija adelante. Ni me lo pensé al contratarla cuando abrí la clínica. Con el amplio currículum que tiene y todos sus conocimientos sobre animales, era la candidata perfecta.

Su depresión le vino a raíz del fallecimiento de su padre. Para ella su padre era lo mejor que le había pasado en la vida. Una persona muy entrañable, que se desvivía por su familia. Si alguna vez has escuchado la frase «los abuelos deberían ser eternos», seguro que se la inventó alguien que conocía a ese señor.

Gracias a la conversación que hemos tenido a cuenta de la noticia del periódico, de lo sucedido con Marina y de recordar lo mal que Rocío lo pasó en su momento y ver las ganas de vivir que tiene y de salir adelante, me doy cuenta de que el suicidio es para los cobardes.

La vida hay que vivirla hasta donde llegue, porque no sabes qué buenas sorpresas te aguardan. Tener una amiga como Rocío a mi lado y tratar de ayudar a los animales con todo mi amor me parecen motivos suficientes para seguir adelante. También tenemos en común que somos felices con poco. Con algo mínimo que nos haga sonreír y sentirnos útiles con lo que hacemos. Si no sabes a qué dedicar tu vida, dedícala a intentar hacer felices a quienes te rodean.

CAPÍTULO 6

EL CONEJO Y LA LOBA

Dos semanas. Quince días exactos han transcurrido desde que Marina me dijera textualmente: «Mi novio me va a ayudar a olvidarte».

Porque hoy, sábado, 27 de octubre, y recién abierta la consulta, me llama a través de una red social para preguntarme cómo estoy.

—Estoy bien —le respondo—. Tengo mucho trabajo y me has pillado con la pata de un labrador en la mano, que tengo que sacarle sangre. ¿Qué quieres?

—Te echo de menos. ¿Y tú a mí?

Esa pregunta me deja un poco (bastante) descolocado.

—Pues no. No suelo echar de menos a alguien que me ha hecho tanto daño —digo tras meditarlo unos segundos—. Y ahora, si me disculpas, tengo que colgar.

—Espera, espera. No me cuelgues. Max está malito. ¿Te lo puedo llevar y le echas un vistazo? Te pagaré lo que sea. Por favor.

—Trae a Max y le haré un hueco, a ver qué le ocurre. Te cobraré lo mismo que a todo el mundo, ni un euro menos ni un euro más. —Cuelgo el teléfono.

Max es el conejo de Marina. Tiene un año y poco más, es muy joven. Y a ese animalito sí que lo echo de menos. Un conejo muy dócil, pero que está metido en una jaula; es decir, otro pobre animal desperdiciado. Prueba a dejar suelto a un lagomorfo en tu casa y verás lo que ocurre. Te puedes quedar sin cables y sin conejo de un calambrazo. Lo mejor sería que fuese libre para jugar y correr en su propio hábitat.

Cuando el ex marido de Marina iba a tardar horas en volver a su casa, a veces me acercaba allí a ver al conejo de Marina. Y a Max también…

Bastó con enseñarle a Max el bote donde Marina guardaba su comida y ponerle de comer y de beber para hacerme amigo suyo. A partir de ahí, cada vez que iba a la casa y le saludaba, se ponía a intentar roer una de las varillas de la jaula como diciendo: «Sí, vale, hola, pero dame de comer». Me dejaba que le rascara la cabecita, las orejas y el lomo y seguidamente iba a por su bote de comida. Lo agitaba delante suya y preguntaba: «¿Esto para quién es?» mientras Max daba suaves dentelladas en una varilla de la jaula.

Cuando conocí a Max y le pregunté a Marina si tenía nombre, me dijo que se llamaba Negri, por el color de su pelaje (¿para qué comerse el coco en ponerle un nombre a un animal, verdad?), pero a raíz de que empecé a llamarle Max, Max se le quedó. Me recordó al conejo que salía en un videojuego de aventura gráfica que tiene muchos años. Me encantaba ese videojuego. Solo que el conejo del videojuego era blanco y Max era «negri».

—Rocío, ¿te importaría tomar el control de la clínica? Me tengo que ausentar y sé que estás perfectamente capacitada para llevar el timón tú sola —le digo a Rocío y le cuento que Marina vendrá de un momento a otro con Max para una urgencia y, aunque es cierto que tengo muchas ganas de ver a Max, a Marina no la quiero ver ni en figuritas. Que me perdone Max, pero Marina cuanto más lejos, mejor.

—Claro, no hay problema. Pero ¿qué vas a hacer mientras? —me pregunta Rocío.

—Voy al supermercado a comprar comida para gatos y agua. Estaré por el Campo del Sur alimentándolos y viendo qué tal están.

Pero Marina llega de improviso y me pilla vacunando a un hurón del moquillo canino y la rabia. Cuando acabo, le digo que pase a la consulta y saludo a Max, pero el pobre no puede ni moverse; está tumbado y su respiración es débil. El tiempo corre en nuestra contra y no puedo irme así como así, dejándole en ese estado.

Para empezar, lo saco de la jaula y lo tumbo en la camilla para tomarle la temperatura pero, con solo tocarlo, ya sé lo que padece, porque tiene el pelaje y la piel fríos y húmedos.

Le pongo una manta debajo, ya que la camilla también está fría. Su temperatura corporal debería ser de entre treinta y ocho y cuarenta grados y Max tiene treinta y cinco. Acaba de entrar en parada cardíaca y debo proceder a la reanimación cardiopulmonar urgentemente. Al tener a Max tumbado de costado, le realizo dos respiraciones sobre su hocico, seguidas de treinta compresiones por minuto sobre la última costilla, con la esperanza de que vuelva a respirar.

Marina está histérica, andando de un lado para otro, llorando y suplicándome que por favor lo salve. Por desgracia, ha ocurrido lo peor. Max acaba de fallecer en mis manos. Se lo comunico a Marina, que no puede dejar de llorar. De repente, se produce un hecho que ni Rocío, que se queda asombrada, ni mucho menos yo esperábamos que fuese a ocurrir. Marina se abraza a mí y me besa en los labios. Lejos de apartarme, la beso también. Pero ¿no se había echado un novio que la iba a ayudar a olvidarme? Será la tensión del momento, imagino. Una idea estúpida ronda en ese momento por mi cabeza y la llevo a cabo. Saco el teléfono móvil y pongo la cámara. Esta vez soy yo quien besa a Marina y nos hacemos un *selfie* besándonos. Le enseño la foto.

—Pues salimos muy bien —dice Marina entre sonrisas y lágrimas.

—¿Te imaginas que se la mando a tu novio y le digo: «Ahí llevas la clase de novia que tienes. Que la disfrutes»? —le pregunto.

—Sé que tú no eres capaz de hacer eso —me responde.

—¿Por qué? —pregunto.

—Eres demasiado bueno —responde.

Sí, soy demasiado bueno y también demasiado gilipollas, porque acabo de borrar la foto. Si quisiera buscarles las cosquillas y que terminen peleándose, tengo la impresión de que lo puedo hacer en cualquier momento. Y este no me parece el más adecuado. Me despido de Marina y de Rocío, salgo de la consulta y me marcho de la clínica en dirección al supermercado.

ROCÍO.

—¿Tardará mucho Carlo en volver? —me pregunta Marina.

—Creo que ya no va a volver —respondo—. Se ha quedado muy tocado con la muerte de Max y muy sorprendido, al igual que yo, con lo que acaba de suceder. Su cabeza ahora mismo debe de ser una centrifugadora.

—Lo sé. Le tenía tanto cariño a Max...

—El tiempo con el conejo ha corrido tanto en nuestra contra que al final ha terminado corriendo más que nosotros. Siéntate. Tenemos que hablar. —Marina se sienta y saca pañuelos de papel para secarse las lágrimas y sonarse la nariz—. Veamos. Para empezar debiste traer a Max cubierto con una manta, en vez de en su jaula. Ha muerto por hipotermia.

—No sabía nada —dice Marina entre lágrimas.

—¿Dónde has tenido al conejo? ¿Suelto por la casa, todo el tiempo en la jaula... mitad y mitad?

—Casi todo el tiempo en la jaula. No podía soltarlo porque me roía los cables.

—¿En qué parte de la casa lo tenías?

—En el cuarto de baño.

—¿En el cuarto de baño? ¿Dándole toda la humedad? Supongo que tu cuarto de baño tendrá ventana, ¿no?

—Sí.

—¿Te importa decirme cómo es tu cuarto de baño?

—Muy pequeño y estrecho. Al final está la placa ducha y ahí justo está la ventana. La jaula estaba metida en la placa ducha.

—¡Madre mía! Metido en la placa ducha. Y supongo que con la ventana abierta mientras él se iba muriendo poco a poco de frío y la humedad le iba calando hasta los huesos. Lo has tenido expuesto al frío durante mucho tiempo y al final ha pasado lo que tenía que pasar. Lo has traído cuando ya era demasiado tarde.

—Lo siento. No lo sabía.

—Ese es el principal problema de la mayoría de la gente que compra un conejo. Lo hacen por capricho y lo primero que tienen que hacer al comprarlo es llevarlo a un veterinario para informarse bien de sus cuidados, porque cuidar de un conejo parece una tontería, pero conlleva una gran responsabilidad. ¿Sabías que los conejos son el tercer animal más abandonado y acogido en refugios?

—No.

—Un conejo necesita mucho espacio para moverse y jugar, y tenerlos en una jaula metidos no es vida para ellos. Y si, para colmo, esa jaula la tienes puesta donde le está llegando frío y humedad y no puede calentarse, lo estás matando poco a poco. ¿Qué edad tenía Max? ¿Un año y algo? ¿Dos como mucho?

—Poco más de un año.

—Un conejo bien cuidado puede durar algo más de los diez años. —Marina me mira sorprendida—. Son animales extremadamente sociables, pero si estaba ahí, metido en una jaula, no me extraña que también hubiese cogido depresión. Como dice Carlo: «La culpa no es de los animales, sino de los humanos que no saben cuidarlos». Y pensando en lo que acabo de presenciar hace unos instantes, tampoco es que se te dé muy bien el cuidado de humanos...

—¿Qué quieres decir?

—Pues chica, el morreo que te has dado con Carlo y tú teniendo novio. ¿Te parece eso normal?

—Bah, mi novio no se va a enterar. Carlo es el hombre de mi vida, pero sencillamente no podemos estar juntos.

—Entonces Carlo no es el hombre de tu vida, perdona que te diga. Y pensando así, como piensas, el hombre de tu vida tampoco será con el que estás ahora.

—¿Y tú qué sabes? ¿Te importa mucho mi vida?

—¿A mí? Ni lo más mínimo. La vida de una tía casada que se dedica a ponerle los cuernos a su marido no me interesa para nada.

—Pues para tu información, él también me los ponía a mí.

—Más terrible me lo pones porque, aun así, seguisteis juntos. Carlo te ayuda en todo lo que puede, está enamorado de ti hasta los huesos y, cuando por fin consigues tu divorcio, le das con la puerta en la cara y te vas con otro. Eso es todo lo que tú amabas a Carlo.

—¡Tú no sabes ni la mitad!

Marina se está alterando cada vez más y me está alterando a mí también. Me está empezando a gritar y al final se va a liar, y eso no es bueno para la clínica.

—Mira, sé lo mismo que tú, o incluso más, porque Carlo me lo cuenta todo y lo conozco desde antes que tú. No le ayudaste como le prometiste, pero eso no importa. Él siempre va a tener una amiga en mí, dispuesta a ayudarlo y a sacar el instinto de loba que llevo dentro por él cuando haga falta, igual que él hace conmigo. Siempre nos hemos tenido el uno al otro, tanto en los buenos momentos como en los malos, cosa que tú nunca has hecho. En vez de eso, te has puesto a tontear con tíos y le has faltado al respeto a Carlo. Lo que no tienes es vergüenza.

—No tengo nada más que hablar contigo. Dime cuánto tengo que pagarte y me voy, porque al final la voy a liar.

—No me pagues nada. Invita la casa. Pero eso sí, no lo hacemos por ti. Lo hacemos por respeto al conejo.

—Muy bien. Adiós.

—Adiós y haznos un par de favores (o dos). No vengas más por aquí y deja de molestarnos durante el resto de tu vida. Estaba saliendo de la depresión y lo has vuelto a meter en la mierda. Pero ¿sabes? Da igual, porque aquí estoy para ayudarlo a salir sea como sea, y lo vamos a conseguir.

Marina se larga de la clínica, respiro aliviada y llamo a Carlo para contárselo todo. Me pide que, por favor, me haga cargo del conejo y, aprovechando que es sábado, quiere que vayamos al cine, a cenar y a tomar alguna copa. Acepto encantada.

CAPÍTULO 7

LA CIUDAD DESNUDA

Son las nueve de la noche y he venido con Rocío a cenar a un kebab con vistas al puerto de la ciudad. Otra cosa que tenemos en común es que nos encanta esta comida. Tiene tanto carne como verduras, una comida completa o, como diría un entrenador (perdón, *coach*) de Herbalife, una comida sana y nutritiva, si le quitas las salsas.

Tenemos una hora para cenar porque las entradas que compramos para el cine, que está en la plaza del Palillero, son para la sesión de las diez. Hay tiempo de sobra para cenar tranquilos, aunque no hago más que mirar el reloj del teléfono móvil.

Odio llegar tarde a los sitios, al igual que odio tener que esperar a la gente con la que he quedado en cierto sitio. Como suele decirse, la espera desespera.

Falta poco para las diez de la noche, por lo tanto ya estamos sentados en nuestras correspondientes butacas del cine. Es una de esas adaptaciones de una novela. De haberlo sabido, nos habríamos leído primero el libro. Si se trata de una adaptación al cine de una novela, me gusta leérmela antes.

Tengo mi cubo de palomitas tamaño familiar y mi botella de agua listos para pasar con Rocío una sesión entretenida de cine. Así pues, silencio, que empieza la película.

La película ha estado entretenida. Nos compraremos el libro para ver si han hecho una buena adaptación y enterarnos de la historia al cien por cien.

Casi las doce de la noche… ¿A qué bar de copas que me guste podemos ir? A la tetería no, que voy a recordar cuando iba con Marina. El kiosco que está en la Alameda es un sitio que me encanta y con unas vistas espectaculares, pero también fui alguna que otra vez con Marina, así que, para mi tristeza, también queda descartado.

En la acera frente a ese kiosco hay otro bar de copas pequeño, acogedor y muy bonito, en el que nunca he entrado. Además, está cerca de mi casa. Vamos a ese.

A Rocío no le hace mucha gracia el alcohol y no lo toma desde hace años y yo ya hace bastantes días que no bebo.

—Venga, Rocío. Un día es un día —la animo—. Tenemos que brindar por Max, para que tenga un buen viaje, allá donde quiera que vaya. Pero que sea a un buen lugar; él lo merece.

—Está bien —dice convencida—. Y también brindaremos por Marina, a ver si nos deja en paz de una vez, sobre todo a ti, allá donde quiera que vaya también.

Brindamos una vez… dos… tres… cuatro… cinco… y hasta seis. Ya no podemos brindar más, porque si levantamos la copa, nos caemos nosotros. Rocío ha ido al baño a vomitar y yo voy hacer lo mismo, a sabiendas de que eso no solo no va a servir para nada, sino que la borrachera nos va a sentar hasta peor, por dejar el estómago vacío y el alcohol en la sangre, nadando a sus anchas.

Casi las dos de la madrugada. Salimos del bar de copas. Rocío se agarra a mi brazo, yo también me sujeto a ella y comenzamos a caminar hasta mi casa. A ver cuál de los dos se cae primero, porque detrás va el otro.

Al hacer el giro a la derecha para entrar en la plazoleta donde vivo, esta vez no tropiezo con nada ni me caigo. Rocío tampoco. Hemos llegado bien, pero alguien a quien hacía tiempo que no veía está en mi casapuerta, esperándonos como una madre desvelada que espera a su hijo o a su hija después de salir una noche de fiesta. Es Darkness.

—¡Mírala! Ahí está, viendo pasar el tiempo, y no es precisamente la Puerta de Alcalá —le digo a Rocío señalando a la gata.

—¿Que mire a quién? ¿Qué dices?

—Te hablé del encuentro que tuve con un gato y que durmió esa noche en mi casa. ¿No lo recuerdas?

Si ya de por sí, Rocío es despistada y tiene memoria de pez, imagínate ahora con la borrachera.

—¡Ah! Sí, ya me acuerdo —me dice haciendo un movimiento con la mano, como si diese un golpe seco con la mano abierta—. ¿Dónde está?

—Ahí, en la casapuerta, sentada. ¿No la ves?

—Niño, pues me estaré quedando ciega, pero no la veo.

—Ven, te llevo. —Y la agarro del brazo nuevamente.

Mientras caminamos despacio hacia la gata, Rocío va con los ojos entrecerrados, a ver si la ve. Me recuerda a las láminas que habían hace años, que te las pegabas a los ojos y, conforme las ibas retirando, ibas descubriendo el dibujo oculto. Pues Rocío todo lo contrario: cada vez se va acercando más a la gata, a ver si por fin la ve.

—Ya, ya la veo. Ahora sí. —Por fin, cuando la tenía a dos escasos metros de distancia—. Es que me ha pasado algo extraño. Veo borroso y al principio solo podía distinguir dos siluetas, con la borrachera, pero conforme me has ido acercando ha sido como si la gata apareciera de la nada.

—¡Darkness! ¡Cuánto tiempo sin verte! ¿Dónde has estado y cómo has estado? —La gata maúlla y se acerca a mí para que la acaricie.

—¿Qué raza me dijiste que es? Se me olvidó.

—Maine Coon.

—Eso. Es muy bonita la tía. —Rocío le pone la mano para que Darkness la huela y seguidamente le restriega el lomo por la pierna y deja que Rocío la acaricie.

—Entremos. En cuanto eche una meada y me lave las manos y los dientes me acuesto. No puedo más.

Uso mi cepillo eléctrico y le doy uno manual a Rocío. Menos mal que aún no lo había usado yo. Hago el procedimiento de todas las noches antes de acostarme a dormir: desvestirme y quedarme sólo en bóxer. Rocío se queda en bragas y con una camiseta de manga corta, sin sujetador. Dice que no duerme con él porque le molesta mucho. Si yo fuese una mujer pensaría lo mismo, porque debe de ser muy incómodo dormir con eso puesto. Mi cama es de matrimonio, así que cabemos los dos perfectamente. La compré para cuando Marina se viniera a vivir conmigo, pero en fin...

Darkness se sube a la cama y se queda en medio de los dos, a nuestros pies. Parece que hoy tampoco tiene hambre ni sed. O eso, o que será muy tiquismiquis con la comida y también querrá que le ponga agua embotellada de marca.

—Rocío.

—Dime.

—La cama se mueve. ¿Sacamos la pierna y apretamos con el pie en el somier? A ver si se queda ahí clavada. Parece que voy en un platillo volante.

—Estás peor que yo, ¿eh? Y mira que yo estoy bien «a gusto». Esto nos pasa por no estar acostumbrados a beber. Y mejor que lo evitemos, cuanto más mejor. Mezclar antidepresivos y ansiolíticos con alcohol no es nada bueno.

—Pues sí, tienes toda la razón. Las cosas que hace la bebida. Porque hace un rato tú solo veías dos siluetas y yo ahora mismo estoy viendo a cuatro gatas. No sé a cuál de las cuatro darle las buenas noches primero.

—No me extraña. Si no te has bebido entera la botella de ron de coco de milagro…

—¡Uf! Verás los ardores que me van a dar… —Voy a la cocina, bebo un trago de agua con bicarbonato y a continuación me tomo un Omeprazol—. Ahora sí voy a apagar la luz, a ver si conseguimos dormirnos en este platillo volante. Que descanses. Buenas noches.

—Pues sí, niño. Buenas noches y que descanses tú también.

Entre que estamos borrachos y que intentamos darnos un beso de buenas noches en la cara, pero no sabemos en cuál mejilla, terminamos dándonos un beso en los labios. Rocío y yo tenemos demasiado colocón. Apago la luz.

Entreabro los ojos, los vuelvo a cerrar y, al estirar la mano, compruebo por el tacto y para mi alegría que Rocío permanece a mi lado, aunque Darkness parece haberse marchado. Rocío no se ha ido, pero Darkness sí. Es como si esa gata hiciera la «visita del médico». Miro el reloj de mi teléfono móvil y son poco más de las diez de la mañana.

Rocío duerme de espaldas a mí. Tiene la piel blanca y el pelo moreno rizado recogido con una cola. Le miro las piernas. Siempre me han gustado sus piernas. De culo también va bien servida y no digamos de tetas, que las tiene muy bien puestas. Me pego a ella como quien no quiere la cosa, le pongo el brazo alrededor de la cintura y empiezo a pasarle los labios por su rostro.

—Buenos días —le susurro al oído mientras abre los ojos.

Entreabre los ojos y me susurra: «Buenos días, niño», mientras los vuelve a cerrar y sonríe.

—Hacía mucho tiempo que no me despertaba así —me dice.

Le sigo dando besos en la cara, pero esta vez buscando sus labios. Ella gira la cabeza para encontrarse también con los míos y nos besamos larga y apasionadamente.

—¿Dónde está el gato? —me pregunta.
—No está. Se ha ido. Estamos solos…

Voy deslizando suavemente el brazo con el que la tengo abrazada y le hago círculos alrededor del ombligo con el dedo. Seguidamente, sigo subiendo la mano hasta llegar a sus tetas. ¡Uf! Me encanta el tacto que tienen. Mis dedos le acarician un pezón y, cuando este se ha puesto bien durito, le acaricio el otro. Mi pene también se va poniendo muy durito mientras lo rozo con su culo, a la vez que nos besamos y le acaricio las tetas.

Me subo encima suya y ella abre las piernas. Le doy mordisquitos en el labio inferior y le susurro: «Dame tu lengua». Mete su lengua en mi boca y hago lo mismo que con su labio inferior: morderla suavemente y chuparla.

Bajo dando mordisquitos y chupadas por su cuello, le quito la camiseta y me quedo unos minutos disfrutando con sus tetas en mi boca, a la vez que le meto la mano dentro de las bragas y comienzo a pasarle el dedo por su clítoris de arriba abajo, haciendo circulitos, humedeciendo el dedo con el jugo de su vagina. Continúo tocándola despacio, cada vez más rápido, y vuelvo de nuevo a ritmo lento.

Rocío me corresponde metiendo su mano dentro del bóxer, agarrando mi pene y moviéndolo de igual manera, lentamente, cada vez más rápido y luego otra vez lento.

Le quito las bragas, le abro de nuevo las piernas y voy bajando hasta quedar con mi boca frente a su vagina. De todas las vaginas que he visto en mi vida entre novias, «follamigas» y vídeos X, esta, sin duda, es la más bonita que he visto nunca. La abro con mis dedos y empiezo a darle besos, a echarle viento suave con mis labios y a pasar mi lengua por su clítoris de arriba abajo, en circulitos, lentamente y cada vez más rápido. Rocío me pone una mano en la cabeza y me agarra del pelo, mientras con la otra se acaricia sus tetas. Tiene los ojos cerrados, está gimiendo y su forma de gemir y tocarse cada vez me excita más y más. La vuelvo a masturbar con el dedo y con la boca le doy chupaditas y mordisquitos en los muslos y las ingles, y vuelta a lamer y chupar su vagina. A los pocos minutos de estar así, Rocío levanta la cabeza, me mira y se estremece de tal manera que, cuando vuelve a dejar caer su cabeza en la almohada, me acaricia suavemente el pelo y deja de gemir. Acaba de llegar al clímax, y yo super excitado de que la vagina que considero la más bonita del mundo me haya agradecido los besos y las chupaditas con un buen orgasmo.

Seguidamente se incorpora, me agarra de la cintura y me tira encima suya. «Métemela», me susurra. Me quito el bóxer, agarro mi pene y froto la puntita con su clítoris antes de introducirlo dentro de su vagina. Cuando la termino de penetrar, me agarra del culo y me susurra: «Qué buen culo tienes; siempre me ha gustado. Ahora no te muevas». Con sus manos me va moviendo hacia arriba y hacia abajo, gimiendo cada vez más fuerte. Aprieta bien fuerte mi pelvis contra la suya y relaja las manos durante un corto periodo de tiempo para volver a coger fuerzas y seguir con el mismo movimiento. «Dame tu juguito; lo quiero todo. Moja mi pene enterito, llénamelo con tu jugo», le susurro. «Sí, sí. Ya lo voy a hacer…», me dice y cada vez gime más fuerte, hasta que sus gemidos se convierten en gritos de placer. Le tapo la boca a la vez que le susurro: «¿Te gusta? Sigue así. Me encanta lo que me haces. Dame todo tu juguito».

Hasta que no puede más, sigue gritando de placer y, con la respiración agitada, me susurra: «Me viene…». La vagina más bonita del mundo acaba de tener su segundo orgasmo conmigo, a la vez que Rocío se pone a llorar.

—¿Qué te ocurre? —le pregunto asustado—. ¿Quieres que paremos?

—No, no me pasa nada. Nunca había tenido un orgasmo como este. Ha sido la emoción. Sigue, que ahora te toca a ti.

Sin pensármelo dos veces, le digo:

—Te quiero follar las tetas.

—Claro. Súbete encima de mí, méteme la polla entre las tetas y fóllatelas. —Meto mi pene entre sus tetas y empiezo a moverme.

—Dame tu leche, cariño. Quiero toda tu leche en mis tetas —me susurra. No aguanto más y en pocos minutos descargo mi semen por su cuello. Lo agarro, le echo semen en sus pezones y me quedo unos segundos pasándole la puntita de mi pene por sus pezones. Rocío me lo agarra, se incorpora, le pasa la lengua y se lo mete en la boca.

Me vuelvo a poner encima de ella y permanecemos unos segundos besándonos y acariciándonos. Este sí que es un buen remedio para la resaca… Y un remedio más natural que este, imposible.

—¿Puedo ducharme? —me pregunta.

—Claro, por supuesto. En cuanto salgas tú, me meto a ducharme yo, que también lo necesito.

Antes de eso, Rocío coge su teléfono móvil, que está emitiendo una luz verde parpadeante, y enciende la pantalla.

Solo alcanzo a leer: «Los archivos de vídeo se han guardado correctamente», porque inmediatamente Rocío vuelve a apagar la pantalla. La cara de Rocío ha cambiado repentinamente. De lo feliz que se la veía se ha quedado muy seria y comienza de nuevo a llorar.

—¿Qué te pasa? ¿Te arrepientes de lo que hemos hecho? —le pregunto preocupado.

—No, no, para nada. Es solo que… Bueno, no me esperaba nunca que esto nos fuera a suceder.

—Yo tampoco, pero ha sido una experiencia única, te lo aseguro. He disfrutado mucho.

—Sí, yo también. Bueno, voy a ducharme. No he dormido muy bien. Me noto muy cansada. Entre el meneo de anoche y el otro meneo que acabamos de tener, creo que me han dejado lista para dormirme otra vez.

—Pues yo todo lo contrario. Esto me ha venido que parece que he resucitado. ¿Qué son esos vídeos? ¿Nos has grabado mientras follábamos?

—¿En qué momento me has visto coger el móvil mientras estábamos así?

—Cierto, en ninguno. Es una pregunta estúpida, pero qué quieres que te diga. Te pones a llorar cuando te corres y cuando miras el móvil te pones a llorar otra vez. Comprende que me preocupe. Y no sé si el problema soy yo o son esos vídeos, que no sé qué contienen.

—Nada. Solo son un par de vídeos que me mandó anoche mi hija.

—¿Puedo verlos?

—No. Ya sabes que los secretos entre mi hija y yo son de madre e hija. No permitimos que nadie se meta en ellos, ni siquiera su padre.

—Está bien, no insisto. Llámame loco, pero te noto muy rara. Ve a ducharte. Cuando salgas me ducho yo y desayunamos.

Mientras se ducha, pienso: «No te pasa nada… Y voy yo y me lo creo, que no te pasa nada… Hace muchos años que nos conocemos, Rocío. Algo te ha pasado. Tu cara estaba totalmente desencajada mientras veías lo que ponía en tu teléfono móvil. ¿Qué contenido tendrán esos vídeos para que te hayas puesto así? Si son cosas que te ha mandado tu hija… muy fuerte ha debido de ser. A ver si consigo que me lo cuente».

CAPÍTULO 8

EN UN MAR DE DUDAS

Mi despertador suena a las nueve de la mañana como cada día, excepto los fines de semana, que como suene, lo reviento. Ya es lunes. ¡Qué pronto se pasa el fin de semana! Y más si ha sido tan intenso como este. Me he tomado mis dosis de ansiolítico y antidepresivo, he desayunado y voy para trabajar.

De camino, cojo uno de esos periódicos gratuitos que reparten por las calles de la ciudad. Dos titulares me llaman la atención: «Aparece el cadáver desnudo de una mujer en la playa de la Caleta». Ese es el principal, el que ponen más grande en la portada. Dios mío, pobre mujer. Será otra víctima de violencia de género. Ojalá me equivoque, aunque da igual si me equivoco o no. Se trata de una persona que se ha suicidado, la han asesinado o ha tenido un accidente y en cualquiera de los tres casos es algo terrible. Y para colmo, desnuda. Nadie aparece desnudo y muerto en la Caleta como por arte de magia. Ni en la Caleta ni en ningún otro sitio. Si se trata de un asesinato, ojalá pillen a quien haya sido y se pudra en la cárcel. Y si se trata de un suicidio o de un accidente, la pobre mujer no estaría muy bien de la cabeza. En caso de que fuera un accidente, ya hay que tener valor para desnudarse y meterse en el agua por la noche y con el frío que está haciendo últimamente para que te dé un «chungo».

El otro titular que me llama la atención dice: «El considerado mejor torero del mundo se hospedará en Cádiz». Este artículo me da tiempo de leerlo antes de llegar a la consulta. Quiero enterarme de cómo se llama el mejor torturador y asesino confeso de toros. Cabrón le pondría yo de nombre. Andros Peña Reina se llama. Colombiano de veintiún años. Qué joven. He llegado a ver toreros hasta de quince o dieciséis. A este paso, en vez de salir un bebé del vientre de su madre con un pan debajo del brazo, saldrá con dos banderillas y se las pondrá a la matrona.

¿Y este niño por qué viene aquí a hospedarse? Ah, vale… Tiene una corrida al día siguiente en la plaza de toros de El Puerto de Santa María y quiere quedarse aquí unos días para conocer esta ciudad. Yo también tuve una corrida este fin de semana y apuesto lo que quieras a que la mía fue mejor que la que vas a tener tú…

—Buenos días, Rocío —la saludo cuando llego a la clínica.
—Buenos días, niño —me responde.

La consulta está vacía. Le intento dar un beso en los labios, pero ella me hace la cobra y se lo termino dando en la mejilla.

—¿Estás bien? Sigues con mala cara. Si quieres te doy unos días de baja y vuelves cuando arregles tus asuntos.
—Pues no sé si eso me vendría bien. Estoy tristona y creo que me va a empezar a dar un ataque de ansiedad. Ayer tuve que ir a urgencias por el mismo motivo.
—Vete a casa. Llamaré a alguien que te sustituya. Ve a descansar.
—No sé si eso es lo mejor o quedarme aquí. Así tengo la mente distraída.

—Como quieras. Si te encuentras peor me lo dices, te doy la baja y puedes ir a descansar, hacer lo que sea y vuelve cuando te encuentres mejor.

—Vale, gracias. Según vaya avanzando la mañana te digo.

¿Has leído o escuchado alguna vez una frase que dice: «Me gusta la gente inoportuna, esa que llega cuando ya no esperas nada»? Pues a mí todo lo contrario: no me gustan nada. Sobre todo porque en mi vida la gente inoportuna suele llegar cuando estoy haciendo algo que, desde mi punto de vista, es muy importante. Como ahora, que estoy tratando de reparar el caparazón roto de una tortuga adulta, usando fibra de vidrio, y suena mi teléfono móvil. Y si, para colmo, leo en la pantalla «número privado», pues más terrible me lo pone. Paso de cogerlo y sigo con mi paciente quelonio. Suena de nuevo el teléfono y eso me está empezando a poner de los nervios, porque no acierto con lo que estoy haciendo. Apago el teléfono. Será algún agente de seguros o alguien de otra compañía de telefonía, por si me quiero cambiar. ¡Qué pesados! Aunque, claro, ellos están haciendo su trabajo, pero yo también tengo que hacer el mío. Hasta que no termine de arreglar el caparazón, no vuelvo a encender el teléfono.

A los pocos minutos, suena el teléfono de la clínica y lo coge Rocío:

—Clínica veterinaria El Mejor Amigo, buenos días. Le atiende Rocío… Sí, está aquí, pero ahora está muy ocupado. ¿Quiere dejarle algún mensaje?… Ah… Vale… Sí… Yo se lo digo ahora mismo, no se preocupe… Gracias a usted. Buenos días.

Rocío entra en la consulta, con la cara más desencajada aún, y se pone a llorar.

—¿Qué pasa? ¿Quién era? —le pregunto. Me ha pillado tan de sorpresa que se ponga así que no sé ni cómo reaccionar. Verás que al final, entre los nervios de ella y los míos, le termino poniendo fibra de vidrio a Rocío en la espalda y le doy unos días de baja a la tortuga.

—¿Te acuerdas del sargento Hipólito?

—Sí, claro que me acuerdo —le respondo—. Con ese nombre, como para olvidarse.

—Pues es quien ha llamado. Dice que te pases por la comisaría de policía cuando salgas de trabajar. La inspectora Brígida quiere hacerte unas preguntas.

—¿Otra vez? Pero si ya el tema de Yoni estaba más que cerrado. ¿Qué querrán ahora?

—No lo sé. Ve y te enteras.

—Vale, pero hazme un favor, ¿puedes? No vengas esta tarde. Quédate en casa. No puedes trabajar en ese estado. Te voy a dar una semana de baja y la semana que viene te pregunto cómo estás, ¿de acuerdo? De todas formas vamos a seguir en contacto por WhatsApp o por si me quieres llamar o yo a ti. Cuando salga de la comisaría, llamaré a alguien para que te sustituya. Es más, puedes irte ahora mismo. No pasa nada. Me las arreglaré bien en lo que queda de la mañana, que hablando de arreglar, a ver si termino de arreglar el caparazón de esta tortuga de una vez. El dueño lleva mucho tiempo esperando fuera.

—Está bien, ya te iré diciendo. Adiós.

Rocío se va y, al cabo de un rato, por fin termino de hacerle el arreglo a la tortuga. Pensaba que iba a quedar peor entre una cosa y la otra. Al final me las he sabido ingeniar para que quede casi como nueva.

Cierro la clínica puntualmente, pero antes de ir a la comisaría voy a almorzar. «La policía no espera», me dice una voz interior. «Pues va a esperar a que yo almuerce», le respondo.

Cuando llego a la comisaría, le pregunto a un policía por el sargento Hipólito y me lleva hasta él. El sargento me lleva a la sala de interrogatorios.

Pasados unos minutos, llega la inspectora Brígida. El sargento se va y me deja a solas con ella.

—Buenas tardes, doctor Fontana —me saluda la inspectora y yo le devuelvo el saludo—. ¿Sabe por qué está aquí? —Repito una mueca con la boca que le hice la primera vez que nos vimos y me encojo de hombros—. ¿Conoce a Marina Henn, cierto?

—Sí, claro que la conozco. En la prueba del polígrafo me preguntaron si mantenía con ella una relación extramatrimonial.

—¿Cuánto tiempo de relación extramatrimonial han mantenido?

—He sido su amante durante seis años. Y justo cuando consigue el divorcio y pienso que se viene a vivir conmigo, me dice que lleva varios días conociendo a otra persona y que me deja por ella.

—¿Qué hizo usted cuando se enteró de eso?

—Reprochárselo.

—¿Nada más?

—Pues sí, nada más. Reprochárselo, tener una discusión y echarla de mi casa. Oiga, ¿a qué viene todo esto?

—Doctor Fontana, deje que sea yo quien haga las preguntas, ¿*OK*? —me dice elevando la voz y en tono cortante.

—Si se va a poner usted así de borde conmigo, llamo a mi abogado y hasta que él no venga, no contesto a ninguna pregunta más, ¿*OK*? Porque no sé a qué viene todo esto. Estoy respondiendo a sus preguntas, nunca me he opuesto a colaborar con ustedes e incluso me sometí voluntariamente a la prueba del polígrafo, para que usted ahora me hable de esa manera. Pero bueno, si lo quiere así, aquí y ahora mismo se termina lo extraoficial, pasamos directamente a lo oficial y cuando venga mi abogado hablamos.

—Está bien. Le pido disculpas. ¿Sabe? En todos los años que llevo de servicio, he pillado a muchos mentirosos. Muchos. Las mentiras tienen las patas muy cortas, como se suele decir. Yo, como buena sabuesa que soy, las huelo. No obstante, las veces que usted y yo hemos hablado, no me ha mostrado ningún signo de que estuviese mintiendo, así que vamos a ir directamente al grano. ¿Dónde estuvo usted la madrugada del sábado al domingo entre las cuatro y las cinco?

—Durmiendo. Estuve todo el día y toda la noche con mi auxiliar de veterinaria, Rocío. Bueno, usted ya la conoce. Fuimos a cenar, luego al cine, estuvimos tomando unas copas y antes de las dos de la madrugada ya estábamos en mi casa. Nos fuimos a dormir de inmediato porque no nos encontrábamos bien, ya me entiende. Si quiere, puede llamarla para verificar lo que le digo.

—No hace falta. Ella ha estado aquí antes de que usted llegara y nos confirmó todo lo que acaba de decir. ¿Conoce al ex marido de Marina Henn?

—Sí, por desgracia lo conozco. Un tío más pesado que un cuñado en la cena de Nochebuena, mentiroso hasta el punto de creerse sus propias mentiras. Alguien sin personalidad ninguna, porque trata, o trataba, de copiar hasta la mía. Ah, y tiene mucha maldad, pero solo de boquilla. Con un guantazo bien dado se le arreglarían muchas cosas. Afortunadamente, no soy violento ni me gusta la violencia. ¿Quiere usted que siga?

—No, suficiente. Fue él quien nos dijo que habláramos con usted, porque seguramente lo sabría todo.

—Me he perdido totalmente. ¿Saber todo de qué? ¿Puedo preguntar eso o tampoco puedo?

—Doctor Fontana, ¿de verdad usted no se ha enterado de absolutamente nada?

—Pero ¿nada de qué? ¿Qué ha sucedido? Explíqueme de una vez, por favor, que me voy a empezar a poner peor de los nervios.

—Marina Henn… fue asesinada la madrugada del sábado al domingo, entre las cuatro y las cinco.

—¿Qué? No, no. No puede ser. —Me entra una risita tonta, producto de los mismos nervios—. Eso es imposible. No puede ser, no me lo creo. —Siento un batir de alas de mariposas en mi estómago, que me va recorriendo hacia arriba, hasta que me retumba en la cabeza.

La inspectora Brígida tiene en la mesa uno de esos periódicos gratuitos que reparten en la ciudad y es la edición de hoy. Me señala la portada donde dice: «Aparece el cadáver desnudo de una mujer en la playa de la Caleta». Seguidamente, me abre el periódico por la página donde está la noticia relatada y me lo da para que la lea. Conforme voy leyendo la noticia, las manos me tiemblan y las piernas también. Las iniciales de M. H. M. pueden corresponder con Marina Henn Mera, pero sigo sin creérmelo. Es que no puede ser.

Así se lo digo a la inspectora Brígida, que saca una cámara de fotos y me muestra parte del contenido. Por cada foto que veo se me va encogiendo más y más el corazón, hasta que ni siquiera podría tenerlo en un puño porque de los mismos nervios se me caería al suelo o lo apretaría con tanta fuerza que en ambos casos se haría añicos.

Quiero romper a llorar. Necesito desahogarme y esa sería la mejor manera, pero no me sale y no sé por qué. Soy una persona fría en ese sentido, a la que le cuesta muchísimo derramar una lágrima y también me da vergüenza hacerlo. Vaya estupidez. Llorar en un caso de ese calibre es lo más natural del mundo. Marina, la mujer que he amado durante los últimos seis años, ahora está muerta. Asesinada. ¿Por quién y por qué?

—Espero que no haya sido su actual pareja —le digo a la inspectora. Me está empezando a dar un fuerte ataque de ansiedad.

La inspectora me enseña otra foto. Un hombre yace muerto en la calle Campo de las Balas. Es una calle que conecta el hotel parador con el castillo de Santa Catalina. Y justo a la izquierda está la playa de la Caleta. También a la izquierda, pero del hotel parador, hay una urbanización privada que a mí siempre me ha gustado mucho. Ahí vive Marina con su novio. Vivían.

—Ese era su novio. —Me dice la inspectora. —Un hombre alto, fornido, pelo canoso, policía local retirado… enfermo del corazón. Tenía el corazón tan débil, que cuando alguien de imprevisto atacó a Marina por la espalda y le dio un fuerte golpe en la cabeza que la dejó inconsciente, su corazón colapsó a raíz del susto que le generó el suceso. Cayó muerto de un infarto fulminante.

Saco la pastilla azul para las emergencias en caso de ataque fuerte de ansiedad de mi bolsillo, me la pongo debajo de la lengua y espero a que su amargo sabor vaya bajando poco a poco por mi garganta. La inspectora me pregunta qué es eso y se lo explico.

—Si acaba de decir que Marina se llevó un fuerte golpe en la cabeza que la dejó inconsciente, quiere decir que no fue eso lo que la mató, ¿no es así? —le pregunto casi sin fuerzas para pronunciar palabra.

La pastilla tiene efecto inmediato y me va a dejar en estado zombi de un momento a otro… Y dentro de un rato tengo que abrir la clínica… Solo, porque ya no me da tiempo a llamar a alguien que me ayude. Sin Rocío, sin gana ninguna de trabajar y en este estado de *shock* va a ser «muy divertida» la tarde…

—Después de que la dejaran inconsciente, la trasladaron bordeando el mar para que nadie los viera. De haber ido por la parte de arriba, por el paseo marítimo, alguien los habría visto y tendríamos testigos. Pero no los hay o, al menos, nadie se ha pronunciado al respecto —me explica la inspectora—. Sabe usted que el paseo Fernando Quiñones divide la playa en dos, ¿verdad? —Asiento con la cabeza—. Pues la desnudaron y la dejaron en la playa pequeña, que, si mira el arco de entrada a ese paseo, le queda a la izquierda. La metieron en una poza con agua. Al llenarla la marea, arrastró el cuerpo hasta la orilla. Al amanecer un pescador nos avisó. Según la autopsia realizada, Marina murió de hipotermia.

Mis ojos de zombi se abren de par en par. «De hipotermia… como su conejo, Max. Yoni murió de un fuerte golpe en la cabeza que lo desnucó y luego le arrancaron la garganta con unas uñas largas y afiladas. Los perros de pelea usan sus mandíbulas para tratar de arrancar la garganta de los otros perros. Max muere de hipotermia y seguidamente Marina muere de lo mismo… ¿Qué cojones está sucediendo aquí?».

CAPÍTULO 9

MIENTRAS DUERME

De 17:00 a 17:30 me toca cortarle las uñas a un perro de la raza pastor alemán. Es muy tierno y obediente, pero el pobrecito mío está más nervioso que Doraemon haciendo inventario.

De 17:30 a 18:00 viene un viejo amigo del colegio de primaria, Raúl, a hacerme una visita y, de paso, preguntarme por qué el erizo de tierra que se encontró y decidió adoptar se murió de buenas a primeras.

—A ver, Raúl, los erizos de tierra requieren mucha atención y son animales bastante delicados, sobre todo por las temperaturas, ya que si hace mucho frío entran en una etapa de hibernación a la que sus cuerpos no están adecuados y mueren —le explico. Qué manía con preguntar por los cuidados de un animal cuando ya no se puede hacer nada por él.

De 18:00 a 18:30. Esa media hora la tengo libre. Me acerco a la cafetería más cercana, que tienen el mejor café de la ciudad y le pido un descafeinado de sobre ¿? Qué le vamos a hacer, si no puedo tomar café. Me lo tomo muy tranquilo en la puerta de la clínica y así veo a la gente ir, venir, entrar y salir de la escuela de danza.

De 18:30 a 19:00 viene el cani de la boa constrictor que ya estuvo aquí no hace mucho, sin la serpiente. Me cuenta que se le murió (como era de esperar). Le puso un ratón adulto vivo a la boa para que empezara a desarrollar su instinto cazador y fue el ratón quien cazó a la serpiente. En primer lugar, si es una cría, ponle de comer crías. Y en segundo lugar, necesitas supervisar que todo vaya correctamente y sea la serpiente quien ataque, y no al contrario, criatura...

¡Madre mía! Dios le da calzoncillos a quien no tiene culo...

De 19:00 a 19:30. ¡Uf! Aún me queda una hora para salir de aquí. Necesito descansar, desconectar de todo, aunque sé que no voy a poder ni por asomo. Rocío está de baja psicológica y Marina, asesinada. Marina asesinada y Rocío está de baja psicológica y así. No hago más que darle vueltas a una cosa y a la otra. La pastilla está ahora mismo en su máximo apogeo y no sé cómo puedo tenerme en pie pero, por otro lado, si me acostara a dormir no iba a poder hacerlo, estoy seguro.

De 19:30 a 20:00 solo me queda vacuna y revisión de un gato y hasta mañana.

Salgo de la clínica y entro en la taberna, que acaba de abrir. Saludo a la camarera y estoy mirando las botellas que hay en la repisa mientras me pregunta:

—¿Qué te sirvo?

—Un chupito de Jägermeister... Y me lo rebujas con *bourbon* —le pido a la camarera, que abre los ojos de par en par, se ríe y se me queda mirando como si le hubiese hablado en broma.

—Venga, ahora en serio. ¿Qué te sirvo? —me vuelve a preguntar y yo le vuelvo a responder lo mismo—. Bueno, tú verás...

Me tomo el primero, me tomo el segundo y me tomo el tercero seguidos. Cuando le pido el cuarto, la camarera se niega a servírmelo y me dice que si me tomo uno más, va a tener que venir la ambulancia a por mí, a causa de un coma etílico y eso es lo más suave que me puede suceder.

En este momento me da igual todo y todo también me está empezando a dar vueltas. ¿Qué más me da si me muero? Uno menos. Es que no me importa.

Saco la cartera para pagarle y se la dejo encima del mostrador para que sea la camarera quien coja el dinero, mientras voy al baño a vomitar. Al volver, me da la cartera y al mirar para la puerta de la taberna, me quedo extrañado. Creo que esta mezcla de bebidas me está empezando a crear visiones. ¿Pues no estoy viendo en la puerta a una mujer que se parece mucho a Rocío? Ah, pues sí. Es Rocío.

—Bueno, bueno. La que llevas encima, niño —me dice Rocío nada más verme.

No respondo. Solo la miro, o eso intento, porque veo a cuatro Rocíos. O es que ha venido con tres hermanas gemelas. Que no tiene.

—Venga, anda, vámonos. Te acompaño a casa —dice Rocío, mientras entra en la taberna, me agarra y me ayuda a salir.

—¿A casa? ¿Para qué? —le pregunto a Rocío.

—Para que te acuestes a dormir. Esta noche me quedo contigo. No pienso dejarte así.

—Rocío, tu también estás mal y a mí también me gustaría ayudarte. Vamos a beber, te invito.

—No quiero beber. Y no te preocupes por mí, que lo mío se va a solucionar pronto. ¡Vamos! ¡Para tu casa!

Menos mal que Rocío me tiene bien agarrado y me está llevando casi en volandas, porque si tengo que llegar a mi casa por mis propios medios... o le hubiera pedido a la camarera que me encargase un taxi o, sencillamente, no hubiera llegado.

Al hacer el giro a la derecha para entrar en la plazoleta, ahí está Darkness.

Me quito de la sujeción de Rocío y voy para saludar a la gata, pero doy un traspié y caigo de boca delante de Darkness.

—Pero ¿qué haces? —me pregunta Rocío.

—He visto un billete de cinco euros y me he tirado a cogerlo. ¿A ti que te parece? He visto a la gata y me he tropezado.

—¡Ay! La gata, la gata... Vamos para dentro y métete en la cama a la voz de ¡YA!

—Pero quiero ponerle comida y agua.

—Entra en casa, desnúdate y métete en la cama. No te lo voy a volver a repetir.

—Rocío, perdóname, pero esta noche no tengo ganas de sexo...

—¿Y quién ha dicho nada de sexo? Lo de desnudarte es porque siempre duermes así.

—Pero ¿y la gata?

—¡Qué pesado con la gata! Yo me encargo de ella. ¡Tira para adentro! —Cuando Rocío se pone en plan sargento, lo mejor es hacerle caso...

ROCÍO.

Después de haber intentado no sé cuántas veces acertar con la llave en la cerradura, se la quito de mala manera, abro la puerta y Carlo entra en su casa tambaleándose. Lo llevo hasta su habitación, se deja caer en la cama y se queda profundamente dormido. Vestido. Al menos, le quito los zapatos y doy gracias porque tiene la suerte de que no le huelen los pies.

Hace calor en esta casa, a pesar de que la ventana de su dormitorio da a la calle y está abierta. Me desvisto y me quedo como la última vez que dormí con Carlo: en bragas y con una camiseta de manga corta. Esta vez no habrá sexo. Ni él ni su cabeza están para muchos trotes, ni yo ni mi cabeza tampoco.

Me acuesto a su lado y permanezco un rato mirando cómo duerme. Carlo duerme en posición fetal. Se dice que las personas que duermen así, denotan vulnerabilidad y sensibilidad. Pueden ser introvertidas al principio, pero solo es un mecanismo de defensa. Cuando cogen confianza y se liberan de su escudo, se muestran extrovertidas y amables. También se dice que estas personas viven el amor con mayor intensidad y que su timidez, viene de un deseo de protegerse del daño emocional. Doy fe de todo eso, Carlo es así. Cuando se pone boca arriba, abre la boca y emite unos suaves ronquidos, aunque no son molestos. Más bien es como una respiración fuerte. Debe de ser que, al ser asmático, le cuesta respirar en esa postura, porque cuando duerme enroscado o boca abajo, tiene la boca cerrada y sólo respira por la nariz.

Lo estoy viendo así y me está contagiando el sueño, como si me hubiese tomado un par de pastillas. Pero no quiero dormirme, no puedo dormirme, no debería dormirme…

¡Mierda, me dormí! Miro la hora. Van a dar las tres de la madrugada. Carlo se quedaría dormido sobre las nueve y media y media hora más tarde me habré dormido yo.

Carlo no está. Me acerco al baño, a ver si se levantó a hacer pis. Y no, ahí tampoco está. Lo llamo y lo busco por toda la casa, pero nada. No me contesta. Joder, joder, joder… No quería dormirme y al final la he cagado.

No tengo tiempo para pensar. Me visto a toda prisa y salgo de la casa, rogando a quien quiera que me escuche en este momento que no sea demasiado tarde.

Estoy a muy pocos pasos de donde tengo que ir, pero debí haber llegado allí hace rato. Salgo a la plaza de la Oca y tiro a la izquierda por la calle Adolfo de Castro.

Seguidamente, giro a la derecha y me meto en la calle Buenos Aires. De nuevo giro a la izquierda y sigo a pasos agigantados por la calle Enrique de las Marinas, bordeando la plaza Mina, siguiendo recto por el callejón del Tinte, hasta llegar a la plaza de San Francisco. He llegado tarde. Ahí está Carlo… y también la policía.

Por lo que veo, la policía también ha llegado tarde, como suele suceder, y no ha podido impedir el crimen. Andros Peña Reina, el famoso torero colombiano de veintiún años que al día siguiente iba a torear en la plaza de toros de El Puerto de Santa María, yace en el suelo, a las puertas del hotel donde se alojaba, muerto o inconsciente por el golpe que tiene en la frente. De ese golpe brota un pequeño reguero de sangre.

Carlo está encima suya y acaba de clavarle dos cuchillos en la espalda, como si el torero fuese el toro y Carlo, el torero que le está poniendo dos banderillas. Si la policía hubiese llegado antes, y yo también, habríamos tratado de impedirlo, pero no ha sido así.

La inspectora Brígida y el sargento Hipólito tienen sus armas desenfundadas y están apuntando a Carlo. A los gritos de los policías se han asomado algunas personas por sus respectivas ventanas y otras, que pasaban por la calle y se pueden contar con los dedos de una mano, se han acercado a ver el lamentable espectáculo. Hasta el encargado del riego de la zona ha interrumpido su trabajo para curiosear.

—¡Doctor Fontana! ¡Levántese despacio y con los brazos en alto! —grita Brígida.

Carlo no le hace caso ni se lo va a hacer. Es imposible que pueda hacerle caso.

—¡Doctor Fontana! ¡No lo voy a volver a repetir! ¡Levántese despacio y coloque las manos donde podamos verlas! —vuelve a gritar la inspectora, que apunta con su arma al aire y dispara, pero Carlo ni se inmuta.

Por lo general, la primera bala de un arma reglamentaria de los cuerpos de seguridad del Estado es de fogueo. Por esa razón el primer disparo es de aviso y se efectúa al aire.

Algunos pájaros que duermen en nidos cercanos salen volando. La gente también se asusta; algunos pegan un grito, horrorizados, y otro opta por salir corriendo de allí como alma que lleva el diablo. Cádiz no está preparada para algo así. Es una ciudad demasiado tranquila y es casi impensable que pueda suceder algo de tal magnitud cuando, por desgracia, en otras ciudades o países del mundo eso está a la orden del día.

—Sargento, a mi señal abatimos al sospechoso. ¿Entendido? —dice Brígida y el sargento Hipólito asiente con la cabeza a la vez que carga el arma—. ¡Uno!

¡No, no, esto no puede ser!

—¡Dos!

¡Van a disparar contra Carlo y tengo que impedirlo!

—¡Tres!
—¡No! ¡Quietos, por favor! —grito desesperadamente, corriendo y poniéndome delante de Carlo.
—¡Quítese de ahí! ¡Está poniendo en peligro su vida! ¡Puede revolverse contra usted! —dice Brígida.
—¡Háganme caso, por favor se lo pido! ¡Él no me va hacer daño!

Carlo se levanta del suelo. La policía no deja de seguir apuntándole con sus pistolas. Carlo mira a su lado izquierdo, se agacha y se pone a hablar con alguien.

—Este es el último favor que te hago, Darkness. No pienso hacerte ninguno más. Por tu culpa lo estoy perdiendo todo y no voy a dejar que me sigas destrozando la vida —dice Carlo a la gata.

—Pero ¿qué está haciendo? —pregunta el sargento.

—Déjenlo, por favor. No es consciente de lo que está haciendo. Nunca lo ha sido y tengo pruebas que lo demuestran —le digo a la policía.

—¿De qué pruebas me está hablando? —pregunta Brígida—. ¿Cómo que no es consciente de lo que está haciendo? ¡Doctor Carlo Fontana! Queda usted arrestado por el asesinato de Andros Peña Reina…

—¡No! —le vuelvo a gritar a Brígida—. Por favor, no le toquen ni le hablen. Déjenlo en paz.

—Pero ¿qué nos está contando? Sargento, proceda a su detención. Acaba de asesinar a una persona en nuestra presencia —ordena Brígida.

—¡Y si ustedes no me hacen caso pueden ocurrir otras desgracias! Como sean ustedes capaces de… —Pero Carlo me interrumpe con un grito.

—¡Darkness, estás muerta! ¿Me oyes? ¡Desde ahora mismo estás muerta y te voy a matar con mis propias manos! —Carlo ha cogido a la gata del cuello y está estrangulándola, pero el plan no le está saliendo como él pretende. Se está estrangulando a sí mismo y la putada es que no puedo hacer nada por él. Nadie puede hacer nada por él, tan solo él mismo, y nosotros lo único que podemos hacer es esperar y que esto no tenga un fatal desenlace.

Carlo cae desplomado al suelo, no sé si inconsciente o muerto, y la policía corre hacia su posición. El sargento y la inspectora le toman los signos vitales.

—¡Aún sigue vivo! ¡Hay que llamar a una ambulancia! ¡Deprisa! —grita la inspectora y el sargento llama al 061 para que envíen de inmediato una ambulancia a la plaza de San Francisco.

CAPÍTULO 10

Y CONOCERÁS LA VERDAD Y LA VERDAD TE HARÁ... ¿LIBRE?

ROCÍO.

El sonido del monitor de signos vitales de Carlo es lo único que tengo por música en aquella fría y monótona habitación de hospital, en la planta de la Unidad de Salud Mental o Unidad de Prevención del Suicidio del hospital de Puerto Real.

Su frecuencia cardíaca y respiratoria es débil y tiene casi treinta y nueve de fiebre. Espero que no le quede alguna secuela, sobre todo cerebral, al haber estado demasiado tiempo sin que a su cerebro le llegase un mínimo de oxígeno. Según el médico, aunque habían muchas posibilidades de que eso ocurriera, ha tenido suerte. No le va a pasar nada en ese sentido y, sobre todo, que dé gracias a que sigue con vida.

Son más de las diez de la mañana. Afortunadamente, la otra cama está vacía y, al haber sido asignada como su acompañante, me han dado permiso para dar una cabezada ahí, porque mi cuerpo no aguantaba más, ni física ni mentalmente.

Carlo parece recién salido de una operación con anestesia general y trasladado a la sala del despertar. Aquí estoy con él, a su lado, esperando a que despierte, porque tengo mucho que explicarle. Al verse tumbado boca arriba, con una mascarilla de oxígeno, un par de goteros y darse cuenta de que no está en su cama, mira a un lado, mira a otro, arriba, abajo, frunce el ceño y pregunta con voz débil, casi afónica, dónde está y qué hace ahí.

—Estás en el hospital de Puerto Real, en la Unidad de Prevención del Suicidio del área de Salud Mental —le explico y Carlo vuelve a fruncir el ceño.

—¿Prevención del suicidio? ¿En qué momento he intentado suicidarme?

—Anoche.

—¿Anoche? Anoche lo que tuve fue un sueño muy raro, como una pesadilla.

—¿Ah, sí? ¿Qué soñaste?

—Que me encontraba con Darkness en la plaza de San Francisco y nada más verla me lanzo hacia ella para estrangularla.

—¿Eso para ti es como una pesadilla?

—Sí. Le tengo mucho cariño a esa gata. En ningún momento quisiera hacerle daño; de hecho, si me la vuelvo a encontrar y resulta que no tiene dueño, la voy a adoptar. Necesito un animal que me haga compañía, para no verme tan solo en casa.

—Pues, niño, vete buscando otro animal de compañía, porque Darkness no va a poder ser.

—¿Qué pasa? Ya tiene dueño, ¿verdad? Es normal, esa raza de gato no puede ser callejera.

—Niño, que no es eso. Ni tiene dueño, ni se ha escapado de ninguna casa, ni mucho menos busca compañía, porque simplemente Darkness no existe.

Carlo vuelve a mirar a un lado y a otro, arriba, abajo…

—¿Qué haces? —le pregunto.

—Buscar la cámara oculta, porque esto debe ser una broma. Ahora es cuando aparece un presentador con un ramo de flores y grita ¡inocente, inocente!

—No, para nada. Te estoy diciendo la verdad.

—Pero ¿cómo que no existe? Si yo la he visto y acariciado, le he puesto comida y agua y…

—¿Y… qué? ¿Cómo estaban los cacharros de agua y comida cuando te despertabas al día siguiente?

—Llenos. Ni había comido ni bebido nada. Llegué a pensar que lo único que quería era hacerme compañía.

—Estaban llenos, porque allí no había ningún gato. Darkness solo existe en tu cabeza. Tú la mataste anoche en tu sueño; sin embargo, al no existir esa gata, te estabas matando a ti mismo y ni yo ni nadie podíamos hacer nada por ayudarte.

—¿Qué quieres decir?

—Sabes lo que le puede ocurrir a una persona sonámbula si la despiertas, ¿verdad?

—Sí, que se puede morir.

—No, eso es una leyenda urbana. Sabes lo que es una leyenda urbana, ¿verdad?

Carlo permanece unos segundos pensando y seguidamente me responde:

—¿Una historia que cuenta un borracho y se la cree un gilipollas?

—Eso mismo, no has podido definirlo mejor. Te explico: si despiertas a una persona que está sonámbula, existe un altísimo porcentaje de causarle confusión, angustia y agitación, por lo que su comportamiento podría volverse extremadamente agresivo, sin querer, por supuesto, porque no es consciente.

—Un momento, un momento… Nunca he tenido problemas de sonambulismo. Me conoces desde hace años y si fuera sonámbulo, te lo habría contado.

—De los muchos efectos secundarios que pueden provocar el mezclar antidepresivos y ansiolíticos con una cierta cantidad de alcohol, el sonambulismo y tener alucinaciones son dos de ellos. Y eso es lo que te ha ocurrido. También me provocó alucinaciones cuando me quedé a dormir aquella noche en tu casa. Había tomado mi antidepresivo, mi ansiolítico y también los había mezclado con alcohol. Solo que yo a la gata no la distinguía bien al principio y pensaba que era por culpa de la borrachera. Empecé viendo un punto negro y cuanto más me ibas acercando, más se iba materializando ante mí conforme la ibas describiendo. Estaba tan metida en esa "realidad" que hasta podía verla y sentirla.

La conversación queda interrumpida por unos golpes en la puerta. Entra un enfermero que le hace a Carlo un chequeo: Le toma una muestra de sangre y orina. El resultado de esas muestras los tendremos en cuestión de pocos minutos.

—Doctor Fontana —dice el enfermero—, afuera hay dos policías esperando, que quieren hablar con ustedes. Puedo decirles que pasen ahora o que usted necesita descanso y que vengan más tarde, si así lo consideran.

—No, no. Que entren —dice Carlo—. A ver si ellos también me pueden explicar qué está pasando aquí.

El enfermero sale de la habitación y entran la inspectora Brígida y el sargento Hipólito.

—Buenos días, doctor Fontana. Buenos días, Rocío —saluda Brígida, y Carlo y yo le respondemos con otro buenos días—. ¿Cómo se encuentra?

—Pues me encuentro —responde Carlo—. No sé si bien o mal, pero me encuentro, que no es poco.

—Tenemos una buena noticia para usted y otra mala —dice la inspectora—. ¿Cuál quiere primero?

—La buena —dice Carlo.

—Venimos del juzgado, de intentar interponer una denuncia contra usted por el asesinato de Andros Peña Reina y tanto el fiscal como el juez la han rechazado.

—Espere, espere… —dice Carlo—. ¿Andros Peña Reina? ¿El famoso torero? ¿Asesinado por mí? ¿En qué momento he matado a ese chico?

—Anoche —responde el sargento.

—¿Anoche? Joder, parece que anoche pasaron muchas cosas y no me he enterado de ninguna —dice Carlo asombrado—. Es imposible. Estaba durmiendo, no he matado a nadie.

—Presenciamos el crimen con nuestros propios ojos, doctor Fontana —dice la inspectora—. Por eso mismo han rechazado interponer la denuncia contra usted por asesinato. No era consciente de lo que estaba haciendo. Estaba dormido, sí, pero en estado de sonambulismo. Cualquier jurado le declararía inocente y ese juicio sería una pérdida de tiempo, a pesar de presenciar el crimen con nuestros propios ojos, doctor Fontana —dice la inspectora—.

Carlo no puede sentirse feliz por eso. No se siente feliz; de hecho, se le ve serio, triste.

—No va a ir a la cárcel —continúa Brígida—. Esa es la buena noticia para usted. La mala es que va a pasar en esta unidad mucho tiempo rehabilitándose y rodeado de gente que está mejor, igual o mucho peor que usted y que los que están en la cárcel.

—No sé yo qué es peor… —comenta Carlo, a lo que Brígida e Hipólito asienten con la cabeza.

—Entonces, el crimen de Yoni es posible que también lo hubiera cometido yo —dice Carlo tras quedarse pensando unos segundos.

—Es posible, pero no tenemos pruebas —responde Brígida—. Y aunque las tuviéramos, tampoco servirían de nada. Solo tenemos la prueba del polígrafo, pero esa prueba no es válida en un juicio, ya que el polígrafo anula su derecho a mentir. Además, todo lo que dijo era verdad: confesó no haber cometido ese crimen, porque estaba durmiendo, y es cierto, en ningún momento mintió. Pero quedará la duda de si fue usted quien lo cometió en estado de sonambulismo o fue un ajuste de cuentas. El juez lo ha archivado como tal a petición del señor Vargas, y así se va a quedar. Lo que nos queda por saber, Rocío, es a qué se refirió cuando afirmó tener pruebas de que el doctor Fontana actuaba bajo estado de sonambulismo mientras asesinaba a Andros Peña Reina.

—A esto —respondo. Saco mi teléfono móvil y muestro los dos archivos de vídeo que grabé la noche que asesinaron a Marina. En uno aparece Carlo golpeando a Marina, y su novio sufriendo un ataque al corazón, mientras que en el otro aparece Carlo trasladando el cuerpo de Marina, bordeando la playa, hasta dejarlo en una poza con agua. Además, hay otro par de archivos de vídeo del asesinato del torero, donde también se ve a Carlo hablando con "nadie" y estrangulándose a sí mismo.

Brígida mira al sargento Hipólito. Ambos hacen una mueca de complicidad y entonces la inspectora se dirige a mí:

—¿Sabe una cosa, Rocío? Esos archivos no demuestran en ningún momento que Carlo esté actuando bajo estado de sonambulismo. Lo que sí prueban, es que fue él y no otra persona quien asesinó a Marina Henn, a Andros Peña Reina y provocó la muerte de mi hermano…Sí, la pareja de Marina. —A continuación saca un papel de su bolsillo y me lo muestra, sin dejar que lo agarre. —Este documento, escrito por la jefa de psiquiatría de este hospital, es el que demuestra que Carlo actuó bajo sonambulismo. Si yo lo rompiera y le confiscara su teléfono móvil, Rocío, se haría justicia, no sólo con Marina y con el señor Andros, con mi hermano también. Me voy a encargar personalmente de vengar su muerte y que Carlo se pudra en la cárcel.

Miro la inspectora, niego con la cabeza y no puedo evitar echarme a reír.

—¿Le hace gracia que mi hermano haya muerto por culpa de este loco? Deme su teléfono móvil inmediatamente. En este mismo instante, ambos quedan arrestados. Carlo Fontana, por el asesinato de Marina Henn y de Andros Peña Reina; y Rocío Valle, por omisión de socorro hacia las víctimas y por no dar parte a las autoridades, lo que la convierte en cómplice. Sargento, proceda a esposar a Rocío —ordena Brígida.

—¡Un momento! —grito y me levanto como un resorte—. ¿A qué documento se refiere? ¿A este? —Saco el mismo documento que me mostró Brígida y lo pongo delante de sus ojos, sin dar tiempo a que los dos policías puedan reaccionar.

—¿Cómo ha conseguido ese documento? ¡Démelo inmediatamente! —me ordena Brígida, y yo hago una mueca.

—Es cierto que Carlo asesinó a Marina y al torero. Pero lo de su hermano fue un accidente. Carlo no tenía nada contra él, no quería hacerle daño. Eso sí que fue un acto involuntario, más que los otros. Ni sabía que padecía del corazón ni era consciente de lo que hacía.—le digo con mucha serenidad—. Carlo va a cumplir su condena aquí y no en la cárcel. Y ahora, si me hacen el favor, salgan de la habitación.

El sargento abre la puerta de muy mala gana y se marcha. La inspectora permanece quieta, de sus ojos brotan lágrimas y me mira fijamente.

—De verdad se lo digo, sentimos mucho lo sucedido con su hermano y con todos los demás, pero Carlo nunca quiso hacer daño a nadie, y por supuesto, va a pagar por lo que hizo, pero donde le corresponde, no donde usted diga, para vengar a su hermano. En este centro también se hará justicia. —Brígida avanza despacio hacia la puerta, la abre y sale de la habitación, sollozando.

Me siento al lado de Carlo, le agarro de la mano y trato de calmarme. Entra el enfermero preguntando qué ha sucedido y le digo que nada, que ya está solucionado. Le doy las gracias y se marcha.

—¿Cómo sabían que iba a estar anoche en la plaza de San Francisco? —me pregunta Carlo.

—Les mandé un anónimo diciendo que si querían impedir un asesinato, fueran allí. Ayer por la mañana te oí hablar con un nombre sobre él, diciéndole que si tú fueras de otra manera, irías a donde se aloja el torero y lo matarías, para que no siguiera torturando y matando toros. Eso se quedaría grabado en tu subconsciente. Volviste a mezclar antidepresivos y ansiolíticos con alcohol y sabía que eso no auguraba nada bueno. Por eso fui a la consulta a buscarte cuando cerraras, para estar contigo e impedir el crimen, pero me quedé dormida. Desde el día que mataste a Marina mi cabeza entró en una fase de pánico. Quería evitarte a toda costa, porque temía que a mí también me fueras a hacer algo malo, hasta que entendí que a ti lo único que te provoca ese estado es cuando un humano comete una atrocidad con un animal. Digamos que Darkness representaba tu sed de venganza y, aun teniéndote pánico, volví a ti. La policía, para variar, llegó tarde. Pensé que esos vídeos te librarían de la cárcel y casi consigo todo lo contrario. Perdóname, Carlo.

—No pasa nada, sé que lo hiciste con la mejor intención.

—Carlo me pide el teléfono móvil para ver los vídeos, pero ya es tarde. Los acabo de borrar, así que permanece pensativo unos segundos. Un par de lágrimas brotan de sus ojos, resbalan por sus mejillas y van directas a sus labios—. Así que… fui yo quien mató a Marina. Soy… soy un asesino. ¡Soy un puto asesino! No merezco estar aquí, sino pudriéndome en la cárcel. Nunca habría querido un final así para nadie. Mi cometido en esta vida es curar animales, no matar humanos, aunque estos hayan sido responsables de las muertes de sus mejores amigos.

—Míralo de esta forma: la vida te está dando una segunda oportunidad. Puedes enmendar tus errores y aquí te van a ayudar a conseguirlo. Y yo también te voy a ayudar. No me voy a mover de tu lado nunca, aunque te recuperes. Siempre vamos a estar juntos.

—Yo también quiero que estés conmigo hasta el final, pero los "errores" del torero, de Marina, su novio y muy posiblemente, de Yoni nunca se van a enmendar. Ellos no van a poder tener una segunda oportunidad, y eso se va a quedar grabado a fuego en mi conciencia mientras viva.

—Lo sé, y ahora mismo te ves con la moral a la altura del subsuelo, pero para eso te han traído aquí, para aprender de los errores y reconducir tu vida.

—Tengo sed. ¿Tienes agua por aquí? —me pregunta Carlo.

—Esto es salud mental. Sea lo que sea que quieras, hay que ir a pedirlo al control de enfermería. Hasta para ir a mear tienes que decirlo allí para que alguien te vigile.

—Genial… —dice Carlo en tono sarcástico.

—Pero no te preocupes, que eso es para los pacientes que no tienen acompañante.

—¿Puedes hacerme el favor de ir al control y pedir que me traigan agua?

—Sí, claro.

Salgo de la habitación en dirección al control de enfermería. Allí pregunto si el paciente de la habitación 254 puede beber agua, pero me contestan negativamente. Me dicen que todavía no puede comer ni beber hasta que el médico lo autorice.

Al volver a la habitación, se me cae el alma al suelo. El monitor de signos vitales de Carlo está pitando de manera escandalosa. Aquí no hay botón para llamar al control de enfermería, así que salgo corriendo y gritando de la habitación para pedir ayuda.

A mis gritos acuden varias personas del personal sanitario y otros pacientes también gritando, pero los sanitarios se encargan de echarlos de la habitación. Alguien se ha quedado con ellos y ha acudido el guardia de seguridad a ayudarle. El enfermero que vino antes a tomarle a Carlo muestras de sangre y orina se abre paso entre los demás. El monitor no deja de emitir ese pitido diabólico que nos indica a todos que el paciente ha fallecido.

Voy de un lado a otro de la habitación llorando y gritando que, por favor, Carlo vuelva en sí, y aunque están haciendo todo lo posible por reanimarlo, no lo consiguen. Carlo ya no va a volver. Se ha ido.

El personal sanitario me acuesta en la cama de al lado y mientras un auxiliar me agarra de la mano, una enfermera sale de la habitación. Al regresar, me coloca la pastilla azul para los ataques fuertes de ansiedad debajo de la lengua. El enfermero que atendió a Carlo no da crédito a lo que acaba de suceder. «Carlo estaba bien. En sus análisis no advirtieron nada anómalo», me cuenta el enfermero. Revisa el monitor. No ha sido un fallo de su sistema. Revisa el gotero de administración de suero, ahí tampoco está el problema. Revisa el otro gotero, que contiene un líquido amarillento. Ese gotero le administraba el sedante. Entonces, se acerca a mí.

—¿Ha tocado usted el gotero de sedación? —me pregunta el enfermero.

—No, no he tocado absolutamente nada. ¿Por qué lo dice?

—Ese gotero lo tenía puesto en el número 9 y ahora está en el 12, lo cual le ha provocado una sobredosis.

No me lo puedo creer: Carlo se ha suicidado. Pensaba que me amaba y que siempre iba a estar conmigo. Se ha dejado guiar más por su conciencia que por el tiempo que tenía por delante para reconducir nuestras vidas.

—Disculpe. La pantalla de su teléfono móvil lleva un rato encendida —me dice un auxiliar, y le tiendo la mano para que me lo de.

Al mirarlo, veo que hay una nota escrita que dice: "Gracias por todo. Te amo y siempre te amaré".

Carlo, ¿qué hago ahora sin ti? ¿Y por qué motivo te has ido?

CAPÍTULO 11

ESCRIBIR UN LIBRO, PLANTAR UN ÁRBOL Y TENER UN HIJO

ROCÍO.

El poeta cubano José Martí dijo en su momento: «Hay tres cosas que cada persona debería hacer durante su vida: escribir un libro, plantar un árbol y tener un hijo». Carlo soñaba con hacer todo eso, para sentirse realizado en la vida y poder morir en paz. Escribió un libro, pero nunca fue publicado. Carlo decía: «Hice lo que creía que debía de hacer: escribir un libro. ¿Tan malo será que ninguna editorial lo quiere?». «Cariño, tu libro se va a publicar». «Una editorial me ha dado el visto bueno para llevarlo a cabo».

Cuando te incineraron, pedí permiso a tus padres para quedarme con tus cenizas. En el momento que les expliqué el motivo, no pusieron ninguna objeción. Las tengo guardadas en una urna, pero es una urna especial en la que hay semillas, para que vaya naciendo un pequeño árbol. Cuando ese árbol vaya creciendo, lo trasplantaré en el exterior, probablemente donde vivías, porque a esa plaza aún le faltan un par de árboles por plantar y lo haré en una maceta biodegradable que irá desapareciendo sola, con el paso del tiempo. Tu muerte brindará

115

sombra, belleza y una nueva vida, de momento, adornando mi mesita de noche.

—¿Rocío? Acompáñeme, por favor. ——La voz de la auxiliar de farmacia me aparta de mis pensamientos.

Desde el fallecimiento de mi padre, llevo arrastrando depresión y ahora, para colmo, te vas tú, Carlo. ¿Por qué os tuvisteis que marchar?

Cuando mi padre sucumbió a la enfermedad, también tuve un intento de suicidio, que no fue consumado. Me había cortado las venas, cosa que, por cierto, no se la recomiendo a nadie, duele lo que no te imaginas. Antes de eso, llamé a mi hija para decirle que la amaba, que siempre lo haría y que lamentaba no haber sido una buena madre. Ella llamó inmediatamente a su padre, quien rápidamente llamó a la policía y ellos consiguieron echar la puerta de mi casa abajo. Por mi parte, había apagado el teléfono móvil y desconectado el portero automático, para que no me molestaran y me dejaran morir tranquila.

—Rocío, los análisis de orina confirman que estás embarazada —dice Jesús, el farmacéutico. Su rostro me recuerda a *La Gioconda,* porque no sé si me lo está diciendo con un gesto de seriedad o con una leve sonrisa. Estaba sola en el despacho cuando entré y ni siquiera he oído a Jesús cuando ha irrumpido tanto en esa dependencia como en mi mente. Sus palabras no solo hacen que mis pensamientos se esfumen de manera fulminante, como si alguien hubiera realizado un chasquido de dedos cerca de mis oídos, sino que también acaban por dejarme en shock. ¡Estoy embarazada de Carlo! —¿Qué te gustaría que fuera? ¿Niño o niña? —Jesús ha visto mi expresión de felicidad y esta vez él también está sonriendo. Este hombre me parece una persona muy competente, amante de su trabajo y, aunque llevo poco tiempo aquí, siempre lo he visto tratar a sus clientes de manera correcta y con mucha simpatía, excepto cuando se trata de un asunto muy serio, como es lógico.

—Pues… debido a que estoy en situación de riesgo por mi edad, lo primero que pido es salud, tanto para mi bebé como para mí. Y, bueno, ya tengo una hija, así que me gustaría la parejita.

—¿Tienes algún nombre en mente? —me pregunta Jesús, aunque por su forma de hacerlo, sabe que es una pregunta retórica.

—Carlo. Carlo Fontana Valle. —Jesús sonríe abiertamente.

—Cuídate, espero que todo vaya marchando con normalidad. Os deseo lo mejor. Felicidades otra vez y, para cualquier cosa que necesites, aquí estamos a vuestra disposición. —Jesús me estrecha la mano y sale del despacho, para seguir atendiendo a su clientela.

Yendo por la calle Compañía, durante la conversación con mi hija para explicarle lo sucedido en la farmacia y justo en la esquina de la calle Arbolí, se me acerca una repartidora del diario gratuito. Miro la portada, donde la noticia más destacada es: «Joven fallece la pasada madrugada cerca de su domicilio». Abro el periódico y busco rápidamente la noticia más detallada. «Las marcas halladas en su cuello parecen indicar que murió por asfixia. Se sabe que el muchacho era propietario de una boa constrictor, por lo que todo apunta a que el reptil le envolvió la garganta».

«No puede ser… Si es la misma persona que tengo en mente, su serpiente murió. Ella no pudo haberlo hecho, a no ser que hubiera adquirido otro ejemplar», pienso. Levanto la vista del periódico, miro hacia la clínica y mi corazón se pone a mil por hora. En la puerta está Darkness, mirándome fijamente.

—Rocío, mira. —Le digo a mi hija, pero ella está en su mundo y tarda unos pocos segundos en hacerme caso, como suele hacer, aunque yo también soy así cuando ella me pide que mire algo inmediatamente. Cuando le señalo donde está el gato, me mira extrañada, pues allí no hay nadie. Estaré tan alterada tanto por una cosa como por otra, que quizás sean imaginaciones mías. —¿Sabes si por un casual yo anoche estaba en casa durmiendo?

—No lo sé, mamá, yo anoche estaba en casa durmiendo, o eso creo. ¿Por qué? ¿Quieres que le preguntemos a la abuela?

—No, da igual. No tiene importancia, o eso creo…

AGRADECIMIENTOS

A Rocío, porque existes, fuiste mi inspiración y te enamorabas cada vez más de este libro con cada capítulo que escribía.

A mi perra, Pelusa, porque tu sacrificio provocó las primeras ideas para esta historia.

A Panchito, mi sobrino perruno.

A mi mejor amigo, Daigoro, por demostrarme que existe el amor a primera vista y ser lo más parecido a un hijo que voy a tener.

A Darkness, que también existes y fuiste mi otra fuente de inspiración. Me alegro de que estés en el lugar que te corresponde: adoptado por una familia que te ama y te cuida.

A José Manuel Olmo Janeiro, mi padrino en esta mi primera aventura literaria.

A mi madre, por parirme gaditano, y a mi padre, porque aunque nos llevemos como el perro y el gato, siempre estamos ahí el uno para otro. Y a los dos, que también han sido mis padrinos.

A mi sobrina, Irina, porque ser tío es amar a alguien que no es tuyo, pero a quien tu corazón le pertenece.

A mi hermano Juan Antonio y a mi cuñada Irene, porque sois más que un hermano y una cuñada.

A mi prima Emma, por ser como eres. Esa barriguita es 'pa' mí.

A mi prima Michelle, porque eres esa persona especial.

www.ingramcontent.com/pod-product-compliance
Lightning Source LLC
La Vergne TN
LVHW090154180726
843489LV00006B/2046